「リ、鈴華《リンファ》っ」

「わ、綺麗……」

すごい美少年だ。

いや、少年と呼ぶほど若いわけじゃないかな。二十歳くらいかな？

前髪が少し目にかかってよく見えない。もっと見たいなぁ。

手を伸ばして、マオの前髪をそっとかき上げる。

鈴華《リンファ》
呂国の姫。本にしか興味がなく、
一度婚約破棄されてからは浮いた話がない。
マオ
黒の髪に金色の目を持つ青年。
仙皇帝とも面識があるようで？

レンジュ
後宮と王宮の連絡役。
普通の姫と違う鈴華を
気に入っている。
スカーレット
朱国の姫。燃えるような赤い髪を持つ。
堂々とした態度の裏には…？
苗子《ミャオジー》
黒の宮の筆頭侍女。
突飛な鈴華の言動を
サポートしてくれる。

背に本棚。

私の後を追ったレンジュが
両手を私の横の本棚について逃げ場をふさぐ。

「退屈なんだ」

「はい？」

八彩国の後宮物語
1
～退屈仙皇帝と本好き姫～
富士とまと
［イラスト］森野きこり

目次

第一章

仙人たちの住まうと言われる仙山《せんざん》。

雲よりも高くまで伸びた仙山の頂上には、仙皇帝《せんこうてい》が住まう仙皇帝宮がある。

そしてこの世は、仙山を中心として八つの国に分かれている。

それぞれが特徴的な色を持ち、その色にちなんで国には名前が付けられていた。

朱国《しゅこく》、蒼国《そうこく》、金国《きんこく》、碧国《へきこく》、珊国《さんこく》、藤国《とうこく》、銀国《ぎんこく》、そして呂国《ろこく》。

さて、物語は黒い色を持つ呂国の国家図書館の奥に位置する場所から始まるのでありました。


「お願いだ、どうか鈴華《リンファ》から婚約を破棄してもらえないだろうか」

一ヶ月後の二十歳《はたち》の誕生日に式を上げる予定の婚約者が、目の前で土下座をしている。

「ほ、本当はもっと早くに鈴華との結婚は無理だと言うべきだったんだが、君は姫様で、僕は小領主でしかない大夫《たいふ》だ。僕から婚約の解消の申し入れなどできるわけもないと……だから結婚するしかないと覚悟は決めていたんだ。君のことは嫌いじゃない。だけれど、その……どうしても、君と子孫を残す姿が想像できなくて」

子孫を残すって、寝所の話？　つまり女性として私を見ることはできないってこと？

「わかりました。私から父に結婚はしないと。婚約は白紙に戻してもらうようお願いします」

土下座している夫になるはずだった男の前をさっさと立ち去る。

あ、しまった。本を置いてきてしまった。

図書館に取りに戻ると、元婚約者が友人と話をしていた。

「良かったな、いくら姫様でもあんな不気味な女と結婚しなくてすんで」

不気味……？　彼らが私の話をしていると思った瞬間、とっさに本棚の陰に身を隠した。

早く立ち去ってくれないかな。本を取れない。

「ああ、いつも背中を丸めて本を抱えて。何時間もそのままで、時々薄気味悪い声をあげる」

私、本が大好きなんですっ。面白い本なら何時間もずっと読みますよね？　面白かったり関心したりすれば声をあげることもありますよ。

本の読みすぎでちょっと視力が悪くなって、背中を丸めて本を近づけないと文字が読めないのでそんな姿勢にもなります。

「時々、コキコキと骨を鳴らす音が聞こえるんだよ。そのときの恐怖がわかるかい？」

ずっと同じ姿勢だと体が固まってしまうから伸びをしますよ。骨が鳴ることもあります。

「それは大変だったなぁ。本の妖怪《ようかい》、希代《きたい》の醜女《しこめ》姫とは見た目だけの話ではなかったんだな」

え？　本の妖怪？　私って、本の妖怪って呼ばれてたの？

「ま、これで心置きなくあの子と仲良くできるってもんだな。求婚するんだろ？」

「ああ。正式に婚約破棄されたらな」

そういうことか。私のことは嫌いではないと言っていたけれど、好きな人ができたのか。真実の愛を見つけたんだ。すごいなぁ！　まるで小説みたい！


それから、六年たったある日のこと。

「ただいま、鈴華お姉様」

妹がにこやかな顔をして図書館に現れた。

仙山の仙皇帝を取り囲むように、仙皇帝妃候補が住む後宮《こうきゅう》がある。二番目の妹は一番目の妹の役目を引き継いで妃候補として後宮にいたはずだ。

「あれ？　里帰り？」

「違うわよ！　そろそろ結婚しようと思って後宮を辞してきたの。後宮生活は十分楽しんだから次の人に交代しようと思って」

「早くない？」

首をかしげると、妹は顔をゆがませた。

「早くなんかないわよ！　十七歳から三年もいたの！　私ももう二十歳よ！　結婚適齢期を逃しちゃうでしょ！」

「え？　もう三年もたったの？　……と、いうことは、もしかして私は今年……二十六歳？」

妹がはぁーと大きなため息をついた。

「そうよ！　お姉様ったら、自分の年齢もわからないなんて……」

「あはは。だってね、本を読んでいると時間を忘れるというか……」

「忘れすぎ！」

妹の突っ込みに、侍女たちに食事の時間を忘れては叱られ、寝る時間を忘れては叱られていることを思い出した。

「もうっ！　どうするのよ！　二十六歳なんてしっかり行き遅れちゃって！　ああ、わかってる。結婚するつもりはないって言うのよね？　まぁ政略結婚の必要もないし、お姉様がそれでいいならいいんだけど……。あ、そうだ！　いいこと考えちゃったわ！」

妹が嬉しそうに笑った。

「私の次、鈴華お姉様が後宮に行けばいいのよ！　うん、ちょうどいいわ！　お父様が次に後宮に送る姫はどうしようかと悩んでいたもの！」

妹の言葉にぎょっとする。

「は？　私が、後宮に？」

「なんていい考えなんでしょう！　早速お父様に言わなくちゃ！」

軽やかな足取りで図書館を出て行く妹。

「ちょ、ちょっと、待って！　私が後宮になんて！」

う、うそでしょう？　まさか、二十六歳の行き遅れの私が、今更後宮に？

第二章

あれよあれよという間に準備が進んで、後宮《こうきゅう》にやってきた。

仙山《せんざん》の麓《ふもと》まで国の者に送られ、麓から山頂にある後宮までは仙山に住まう者が送ってくれた。

そして、呂国《ろこく》の姫のお住まいはこちらになりますと部屋に通されて放置された。

妹の話によると、後宮には八つの国の姫が住む宮があるんだよね。呂国の姫の私は、黒の宮と呼ばれる場所に住むことになる。

住むからって、勝手に動きまわるのはまずいよね？　黒の宮の入り口にある部屋から先の案内は、黒の宮に仕える人になるのかな？　待ってればいい？

「あなたが、新しい黒の姫でいらっしゃいますの？」

声をかけられ、振り返る。

綺麗！　目を覆う長い前髪の隙間から、目の前の女性の美しい髪を見つめる。

本を読みすぎて視力が悪くなってからは、目を細めないと遠くがよく見えない。

目を細めると睨んでるって言われるから、前髪を伸ばして目を隠すようにしてる。じろじろ見るのは失礼だとわかっているけれど、あまりに綺麗で見ずにはいられない。

「何かおっしゃいなさい」

むっとした声が聞こえた。

「あ、ごめんなさい。あの、あまりにも綺麗な髪なので見とれてしまいました」

と、素直に答えれば、目の前の女性は怒ったような表情を見せる。

「なんの嫌味《いやみ》かしら？」

嫌味？　首をかしげると、背後からくすくすと笑う声が聞こえてきた。

「嫌味じゃないかもよぉ。黒くて醜い国の姫から見たら、あなたのそのすごぉく主張がうるさい真っ赤な髪も綺麗に見えてるのかも」

後ろから聞こえてきた涼やかな声に、早口で返事をする。

「はい。私の国……呂国では黒目黒髪の人間ばかりで、初めて赤い髪を見ました。とても綺麗です」

赤い髪ということは、朱国《しゆこく》の姫だろうか。

「あらぁ、それは良かったじゃない。血の色みたいで不気味だと言われる赤毛も、真っ黒で汚らしい黒の姫には美しく見えるんだって。うふっ」

私の後ろから現れた女性が、朱国の姫の横に並んだ。これまた、美しい髪をしている！

「まるで、日の光を受けてキラキラ輝く秋の稲のような素敵な色」

金色でピカピカだ。

私の言葉に、ぷっと、朱国の姫が噴き出した。

「稲の色ですって。稲。ふふふ、良かったわね。素敵な稲の色っ。ふふふふ」

金の髪の女性……。金国《きんこく》の姫が、手に持っていた扇子を私につきつける。

「はぁ？　稲ってなによ！　これは光色って言うの！　あなたは闇色、不吉色よ！　あんたなんか仙皇帝《せんこうてい》陛下のお目に留まるわけないから。そうだ、優しいあたしが一つ忠告してあげる」

忠告？　つまり助言ってことよね？

後宮の女性は競争心ばかりむき出しで、人のことを思いやるような人はいないと妹に聞いていたけど、親切な人もいるんじゃない。右も左もわからない私に助言してくれるなんて。

「汚い黒い髪で顔を隠しているってことは、よほど醜い容姿なのよね？　ブスは直しようがないから可哀そうだけどぉ。その猫背すごくかっこ悪い。みっともない姿勢。姿勢くらい直せるでしょ。本当に醜い。ブスは直せなくても、姿勢は直せるのよ！」

うっ。目が悪いため本を読むときに背中を丸めていたから、猫背になってしまったのは本当だ。そんなに見苦しいのかな？

「仮にも、仙皇帝陛下の妃候補が集《つど》うこの後宮にあんたみたいなみっともない姫を送ったと知られれば、呂国は陛下の怒りを買うんじゃない？　知らないわよぉ、あんたのせいで呂国がどうなっても。」

へ？

「あの、妹……ああ、一週間前までいた私の前任者の呂国第三王女に聞いた話なんですが、陛下は後宮には姿を現さないっていう話ですよね？」

今の仙皇帝陛下が即位して三十年。

妃選びのために、八つの国の姫が一人ずつ後宮に入っている。

寵愛《ちょうあい》を得て仙皇帝妃となった姫の国は栄え、怒りを買った国には災害があるらしい。

姫は、一～五年ほど後宮に滞在し、陛下の寵愛が受けられなければ別の姫と交代していく。

「そ、そりゃ、この三十年、誰も陛下の寵愛は受けられてないけれど。で、でも今日にはお召しがかかるかもしれないでしょう！　そして、お召しがかかるのは私に決まってるわ！　だって、光色の姫なのだもの。私はそのためにここにいるのだもの」

「今日にでも？　そうかな？　三十年も顔も見せなかったのに？」

首をかしげると、金国の姫が小刻みに震え出した。

「私の美しさを伝え聞いて会いに来てくれるわ、きっと」

「そうだといいですね」

仙皇帝妃が決まれば、呂国はもう送り出す姫に困って頭を悩ますことがなくなる。

「何よっ！　私が選ばれることはないって言いたいわけ？　酷《ひど》いわ！　自分が選ばれることがないからって、嫉妬なの？　あなたのような醜女《しこめ》を送ったことで呂国が怒りを買っても知らないんだからっ！　まぁ、仙皇帝妃の競争相手が一人減るのはありがたいですけれど！」

金国の姫は、ずんずんと歩いて部屋を出て行ってしまった。えーっと、本心で言ったのに誤解された？　それでも心配してくれた？

「あなた、今、前任の第三王女を妹って言っていたけれど、何歳なの？」

朱国の姫の質問に小さくお辞儀して答える。

「名乗りもせず失礼いたしました。呂国第一王女の鈴華《リンファ》と申します。今年で二十六歳になります」

「はぁ？　二十六歳？　四年後には三十路《みそじ》でしょう！　とんだ年増《としま》じゃないっ！　容姿が醜いだけじゃなくて、そんなばばぁを……呂国は何を考えているの？」

年増。ばばぁ……。まぁ、確かに。後宮に送られる姫は通常十五歳～十八歳が多いと聞く。十八歳で入って三年いれば二十一歳だ。

結婚適齢期が十八歳～二十二歳と言われているから、二十一歳で後宮を辞して国に戻るとぎりぎりそれなりの相手との縁談が結べる。

……二十六歳の私はすっかり結婚適齢期を過ぎて行き遅れの女だ。いくら姫の地位があるといっても、この年ではろくな縁談話はない。というか、婚約破棄以来、結婚の話などとんと出てこない。

まぁ、結婚する気がないから全然平気なんですけど。だって、本を読むのが楽しすぎて、結婚して自由な時間がなくなるなんて嫌だもの。とはいえ、確かに年増と言われる年齢になってから後宮に入ることになるなんて、私だって想定外だった。そりゃ驚くよね。

「それが、本来は第三王女の次は、公家《くげ》の次女を養女にして後宮へ行っていただく予定だったのですが、好きな方がいるからと断られました。その次の予定の第四王女はまだ十三歳で、成人するまでのあと二年、臨時で私が送られることになったのです……」

どうせ仙皇帝が姿を現すことなんてないんだから大丈夫大丈夫と、妹は笑った。

どうせ呂国の姫が寵愛を受けることなどないのだからと、お父様も笑った。

そう、呂国の色の黒が悪いのか、単に偶然が重なっただけなのか、各国の姫を一人ずつ仙皇帝妃候補として後宮へ入れようという制度が始まってから千年あまり。呂国の姫が選ばれたことは一度たりともないのだ。

仙皇帝陛下の仙術で、寵愛を受けた国は栄えるというけれど、呂国は民がそこそこ幸せに生活できる程度には栄えているので、特に寵愛を必要ともしてない。

怒りを買うと災害が起きるというから、怒りを買うのはさすがにまずいけど、なんとかなるでしょ。もし怒らせても、謝れば許してくれるんじゃないかな。

歴代の仙皇帝の本をいろいろ読んだけれど、年増の姫を後宮に入れたくらいで怒るとは思えない。過去の事例は、民に重税をかけたとか、他国へ侵略戦争を仕掛けたとかだったんだもん。

「あと、ほら、今の仙皇帝陛下がおいくつかもわからないですし……。もし十五歳なら、二十歳も二十六歳もどちらもばばぁだって思うかもしれないでしょ？　誤差だと思います」

後宮では歳を取るけれど、仙皇帝宮にいる間は不老不死になるらしい。

即位した年齢が十五歳なら三十年たった今も歳はとらずに十五歳のままだ。

しかし、不老不死なのは「仙皇帝宮にいる間だけ」なので、別宅で過ごしていれば仙皇帝といえども三十年分の歳はとって四十五歳になる。

即位した年齢も不明なら、どれくらいの時間を仙皇帝宮で過ごしているのかも不明となると、いったい何歳なのか、さっぱりわからない。

「はぁ？　誤差？　二十歳もばばぁ？　だったらなおさらもっと若い姫を送るべきじゃない？」

「あ、……確かに」

ぽんっと手をたたくと朱国の姫はこめかみを抑えた。

「確かにじゃありません。それに少なくとも、もっと美しい姫を送るべきでしょう！」

ブスを後宮に送ったから腹が立った、災害を起こしてやるっ！　なんてことはないはずだよ？

「ご心配ありがとうございます」

「しっ、心配なんてしていませんっ！」

朱国の姫はぷいっと顔を背けて去って行ってしまった。

◆◆　◆◆　◆◆　◆◆

部屋に一人残されてしまった。退屈しのぎに本で読んだ仙山の地図を思い浮かべる。

中央に仙皇帝陛下の住まう高い塔。仙皇帝宮御殿がある。

そこを中心に放射状に八つの区域に分かれた中庭がある。

中庭は、八つの国を小さくしたようにそれぞれの国の特徴を持っているという。

春の国と呼ばれる珊国《さんこく》の庭では一年中色とりどりの花が咲き誇っている。海の国と呼ばれる蒼国の庭には小さな海まであるらしい。

さすが、仙気に満ちた仙山の頂《いただき》と言うべきか。仙皇帝陛下の仙術の力のおかげと言うべきか。

その庭の回りをぐるりと取り囲むように輪っか状の建物がある。それが後宮だ。

後宮も八つの区画に分かれ、それぞれの国の姫が滞在する。端から端まで移動するだけで十分はかかるらしい。

とんでもない広さだよね。だって、一周しようと思うと、その八倍。約一時間半歩き続けないといけないっていうことだもの。

それぞれの区画の作りはほぼ一緒。姫の部屋。使用人の部屋。調理場。納屋。来客をもてなすための迎賓室。謁見室など……で、たぶん今いる私の場所は、呂国の謁見室の前の控室だよね？

建物に入ってすぐの場所だし。この場所には案内なしで後宮の人間ならば立ち入ることができるって話だ。本で読んだ知識ではそうなってたし、朱国の姫と金国の姫が入ってたから。

んー、妹の話によると、この後、たぶん私付きの使用人との顔合わせなんだよね？

後宮には姫一人で行く決まり。どの姫も侍女の一人も連れてこられなくて、全部のお世話は仙山に住む人たちにしてもらうことになる。

謁見室の控室には椅子一つない。いつまで待てばいいのかなぁ。勝手に動き回ったらだめかな？

退屈だなぁ。本があればいいのに。

窓を開けると、木々が生い茂った中庭が見える。屋敷を勝手に動き回るのはだめだろうけど庭ならいいよね？　と、庭に出た。

……確かに、呂国の風景に似た庭だ。花よりも、食材になる植物が多いあたり。

「あ、これはナツハゼね」

春には葉が赤く、綺麗な木だ。赤なんて呂国の色らしくない植物だけど、秋には黒い実がなる。

「楽しみ……。ナツハゼの実はほんのり甘くて酸味も少なくて美味《おい》しいのよね。こっちはユズリハだわ……」

眉根が思わず寄る。ユズリハも黒い実がなるのよね。時々ナツハゼの実と間違えて毒に当たる子供がいる危険な木だ。

「クロモジも生えてる。これも黒い実がなるけれど、ユズリハとは違って役立つのよね」

実を食べて美味しいわけじゃないけど。咳止めや下痢止めになる。薬用酒にするといい。

「ああそうだ。入浴剤用にもなるんだわ。葉っぱを少しちぎろうかしら」

湿疹《しっしん》予防になったはず。それに香りも楽しめる。

「あとは何が生えているのかしら」

楽しい。

国にいたときは本を読んでも実物を探そうとするといろいろ大変だった。ここでは、一ヶ所にいろいろな物が揃っているなんて。後宮の庭はなんて素敵なのかしら！

「君、詳しいね」

へ？　だ、誰？　きょろきょろとしたけれど周りに誰の姿もない。

「ここだよ、大きな木」

大きな木？

「クスノキのこと？」

巨木といえばクスノキ。左斜め後ろの位置にクスノキがある。

「ああ、この木はクスノキと言うのか」

クスノキの上から声が降ってきた。

見上げれば、太い枝に誰かが腰かけている。木の葉の陰で足元しか見えないけれど、声の主に間違いないだろう。

若い男の人の声だ。あれ？　……？　男の人？　後宮に？

「そうです。クスノキも黒い実がなります。木はとても耐久性が高いので、宝物庫など大切な建築物に使われます。それから防虫効果があるので箪笥《たんす》の材料にも使われます」

ふぅんと男の人は面白そうに返事をする。

「その知識は、君の何に役に立っているの？」

へ？　何に役立つのか？　知識は役に立てるために身につけるものだろうか？　まぁ役に立て

るために学ぶこともあるだろうけれど……。

役に立たないと思っていた知識が、あるときふと何かに役に立つこともあると思うんだ。

即答できずに答えに窮していると、男の人がさらに質問を重ねる。

「君に必要なのは、流行《はやり》の服装の知識や情報ではないの？　化粧の方法や、男性を喜ばせるための会話術……そういう知識が役に立つんじゃないの？」

身に着《つ》けている飾り気の少なく流行に左右されない地味な襦裙《じゅくん》に視線を落とす。

呂国ではドレスではなく、着物に似た前合わせの単衣《ひとえ》や袍《ほう》に、スカートのような裳《も》を身に着ける。おしゃれな人は下裳《したも》や褙子《はいし》との組み合わせを楽しんだりしているようだけど……。

着飾るのが、役に立つ知識？

本ばかり読んでいる私をよく思わない人も確かにいた。かわいげがない。女らしくない……と。

幸い家族は私の個性として受け入れてくれたけれど、教育係の先生ですら、眉をしかめてもう少し別のことにも目を向けなさいと言っていた。それこそおしゃれとかに。

「私、役に立てたいからと知識を身につけているわけじゃないんです。知ることが楽しいんです。役に立つ立たないで判断してないんです。たとえば、このクスノキ。大きな木ということと、防虫効果があるということ、これは本に書いてありますが、なぜ大きいのかとは書いてなかったんです。でも、虫に強いから、虫からの被害が少なくて大きく成長するのかも、と本で読んだ知識から新しいことを思いつくと楽しくなりませんか？」

ぷっと男の人が笑う。

「なるほど。しっかり役に立ってるみたいだね」

へ？

「楽しむという役に立ってるんでしょ？」

「ああ、そうですね。あなたとの会話にも役立ちました」

「間違いない。くくくっ」

男の人が楽しそうに笑った。

私の話を聞いて、笑っている。——私の本好きがこうして誰かを楽しませるのに役に立ったと思うと、ちょっと嬉しいかもしれない。

役に立てるためにと思って何かに興味を持ったことはないけれど……。役に立つと嬉しいんだ。

……今度から、役に立ちそうなことが書いてある本も読んでみようかな。

後宮に本ってある？　妹の話だと、必要な物は言えば用意してもらえるってことだけど。

「鈴華様っ、こちらにいらっしゃいましたか。お待たせいたしました。お仕えする者が揃いました」

名前を呼ばれて振り返れば、背の高い細身の女性がこちらへ速足で近づいてきた。深緑の単衣に灰色の裳を組み合わせた齊胸《せいきょう》襦裙姿だ。

振り返った私の顔を見て、一瞬足を止めたが、再び速足でこちらに向かってくる。

足を止めたのは、なんでかな？　髪の毛で隠れているから目を細めても、睨んでいるようには見えないと思うけれど……。

「ごめんなさい、勝手に部屋を出てしまって」

あの声の主ともう少し話をしていたい気もしたけれど、男の人の声だったし……。

後宮に男の人がなぜいるのかは知らないけれど、男の人と話をしていたということがばれたらいけないいんだよね？

「いいえ。お待たせしたこちらが悪いのでございます。謝る必要はございません。本来なら、到着なさったときには整列して鈴華様を出迎えなければいけないのですが……」

本当に申し訳ないといった様子で女性が表情を曇らせる。

「私が早く着きすぎてしまった？」

「いいえ、そうじゃありません……」

激しく首を振って否定されたけれど、なぜ出迎えられなかったのかという理由は口にしない。

準備が間に合わなかったのか、連絡が行き違ったのか。言い訳になるから理由を言わないのか？　それとも言えない何かがあったのか。

「私は、黒の宮の責任管理者であり、黒の宮の筆頭侍女の苗子《ミャオジー》と申します。女官と思ってください。黒の宮に十五のころから十年務めさせていただいております」

「まぁ！　十年？　ということは、二十五歳？　良かった。年齢が近い人がいて！　私、二十六歳なので、えーっと、よろしくお願いしますね」

苗子さんが、膝を曲げて、私の目の高さよりも少し低くなって頭を下げた。

「よろしくお願いいたします。鈴華様」

「はい。頼りにしています。苗子」

とても美しいお辞儀だ。先ほど筆頭侍女を女官と、呂国に合わせて言葉を添えてくれたり、できる人に違いない。

二人で、部屋に向かって庭を歩く。部屋の入り口が見え始めたところで、若い娘たちの声が聞こえてきた。窓が開け放たれているから、結構部屋の中の話し声が聞こえるんだ。

「あーっ、もう、なんだって私が黒の姫のとこで働かなくちゃいけないのっ」

「仕方ないじゃん。じゃんけんで負けちゃったんだし。……半年の我慢よ。今から希望を出しておけば半年で配置換えしてもらえるはずだからさ」

「半年かぁ……あー、その半年の間に他の姫様が陛下に見初められたら悔しくて死んでも死にきれないわ！」

「まぁ、確かにねぇ。そのまま姫様について王宮の侍女になれる可能性がつぶれちゃうんだから。黒の姫は絶対陛下のお目に留まることなんてないでしょ。ほんとハズレもいいとこよっ！」

「ただでさえ黒の姫っていうだけでも可能性低いのに、新しい姫は噂じゃかなりの醜女で、しかも年増！　もう、可能性ゼロどころか、陛下のお怒りを買って一緒に罰せられるんじゃないかって、不安しかない」

「不安しかじゃないでしょ、不満もたっぷりあるでしょ」

「あははは、上手《うま》いこと言うね〜」

あー。そういうことかぁ。待たされたのって、人事でもめて遅れたってことなんだ。

「あーあ。黒の宮の侍女と他の宮の侍女に馬鹿にされるのかと思うと気が重い……」

なんてことだ。

呂国は仙皇帝妃を輩出しようなどとこれっぽっちも思っていない。ただ、昔の盟約にしたがって、妃が決まるまでは姫を後宮に送っているだけなのに。そのせいで黒の宮で働く人たちに迷惑が掛かっていたとは……。

私の斜め後ろで、同じように話を聞いていた苗子が真っ青な顔をしている。

「も、も、申し訳ございません……」

ふるふると小刻みに震えて謝罪の言葉を口にする。

怒り？　悲しみ？　それとも自分の人選が上手くいっていないことが露呈してしまった恥ずかしさ？

どちらにしても……これは、なんとかしなくちゃいけないよね。黒の宮の主として……。

「大丈夫よ、気にしないわ。呂国でも、似たような宮女はたくさんいましたから。……ほら、私、こんな容姿で結婚もせずに二十六歳と行き遅れでしょう？」

苗子が顔を上げた。

「大丈夫よ。ちゃんと黒の宮の主人としてやるべきことはやるわ」

猫背にならないように、頑張って背筋を伸ばす。早速金国の姫の助言を活《い》かす。

◆◆　◆◆　◆◆　◆◆

部屋の入り口に立つ。

「お待たせしたわね」

と、できるだけ威厳のある声が出るように声を出すと、部屋の中にいた二十名ほどの人の目が私に向いた。

それを見計らって次の言葉を口にする。

「いえ、待たされたのは私のほうでしたわね。ふふふ」

と、嫌味を繰り出す。立場はどちらが上かというのは示さないといけない。

私が上。これを間違えてしまうと、お互い不幸になる。

たとえば宮女たちは、勤務態度が後で問題視され、突然反逆罪で投獄されてしまうこともある。

それから、私に対する嫌がらせを抑止するという意味でも私が上だと示さないといけない。

「苗子、紹介を」

と、苗子の名前を呼ぶ。

「はい。まずは調理場担当の者たちです。六名」

紹介された六名が順に名乗って頭を下げる。

「よろしくお願いいたしますわ。万が一、毒や異物などが混入していた場合、すぐに死刑になってしまうことも考えられますから……大変な仕事だと思いますが、好き嫌いはありませんので自由に調理してくださいませ」

はい。嫌がらせでわざと変な味にしたりしないでね。と、遠回しに念を押しておく。

毒や異物が入っていたら即死刑と脅しをかけておいたので、慎重に調理してくれますよね……？

「彼女たちは湯あみ担当となります」

四人が紹介された。

「湯あみの担当の者は、それぞれ姫様のお体を清めさせていただいたり、マッサージをさせていただいたりする者です」

周りを取り囲んで体洗ったり頭洗ったり、その後オイルでマッサージしたりってあれね。

嫌いなんだよね。まるで大根や人参のようにごしごしやられるのも、……てらてらオイル塗り付けられるのも好きじゃない。

「お湯を沸かしたり、掃除をするのはこちらの下働きの者たちになります」

五名の女性が紹介される。襦裙に前掛けをしているのが下働きらしい。

「苗子、この方たちはどのように選んだのですか？」

私の言葉に、ぎくりと何人かが首をすくめる。じゃんけんで負けて仕方なくと言っていた人たちだろうか？

「彼女たち二人は、二十年ほどずっとこちらで働いて、何もかもよく知っている者です」

へー。二十年も！　好きで黒の宮で働いてると思っていいんだよね？

四十代半ばの二人。ベテランなんだ。次に、二十代と思われる女性二人を紹介される。

「彼女たちは三年ほどやはりこちらの仕事をしていまして」

三年か。彼女たちも不満があるわけじゃないのかな。半年我慢すれば移動できるって言ってたもんね。半年以上いる人は望んで黒の宮にいるんだよね？

下働きの者として最後に、十三歳前後の若い娘が苗子に紹介された。

「彼女は後宮の仕事は初めてなのですが」

薄茶色のおさげ髪の少女が頭をぺこんと下げた。

「楓《フェン》と申します。あの、いつも母に後宮の話を聞いていて、ずっと働きたいと思っていたんですっ！　一生懸命働きます。よろしくお願いしますっ」

とっても元気に自己紹介を始めた。

「楓、許可もないのに姫様に話しかけてはだめだとっ」

はじめに紹介された下働きの女性が慌てて楓の横に立ち頭を下げさせた。

「申し訳ございません。私の教育不足で……お許しください」

なるほど。二十年以上勤めている女性の娘さんなんだ。娘さんも働きたくなるっていうことは、黒の宮に不満なんてないってことね。

心の中でニンマリする。黒の宮愛がある使用人がいるのは心強いです。苗子、ナイス人選です。

「皆さま自由に発言して大丈夫ですよ。ここでは私が一番の新参者ですから、いろいろ教えてもらわないと」

苗子が小さく頷いて、頭を下げていた楓と楓の母親に頭を上げさせた。

それから、一人の年かさの女性は庭師として紹介される。

「そして、彼女たち三名が鈴華様付きの侍女となります」

うん。黒の宮の侍女になりたくないと言っていたのはこの三人かな。まぁどちらでもいいや。

「苗子、あなたも私の身の回りの世話をしてくださるのよね？」

「はい、もちろんでございます」

さて。では解放してあげましょう。黒の宮で働きたくないという人たちを。ここから。

「では、必要ありません。苗子一人で結構です。その三名、それから湯あみも私一人で結構ですから、そちらの湯あみ係四名も必要ありません」

私の言葉に、この場の全員が息をのんだ。

そりゃそうだろう。一国の姫の世話をする人数としては、二十名でも少ないくらいだというのに。七名必要ないと言ったのだ。

「いや、あの……必要ないって……」

侍女の一人が口をパクパクしている。

驚いた顔なんてしないで、素直に喜べばいいのに。黒の宮で働きたくなかったって言ってたよね？　半年我慢しなくちゃって。不満しかないって。まさか解放してもらえるなんて思ってなくて疑ってる？　ああ、私の表情が読めなくて真意がつかめないのかもね。

目元を覆っている長い前髪をかきあげ横に流す。

これで私の目元は見えるだろう。もう、怒っていると誤解されるため目を細めることはできない。みんなの顔は焦点が合わなくてぼんやりとしか見えなくなった。表情はわからない。

動きだけを見ると、なんか全員固まってしまっている。

あれ、どうして固まるの？　目を細めて怒っているような表情はしてないつもりだけど。眉根でも寄ったままになってました？　笑っておこう。にこっと。

「言葉通りですよ。必要がありませんので、黒の宮を辞めてくださって結構です」

小さな悲鳴のような声があがる。表情が見えないから、喜んでいるのか怒っているのかもわからない。

「苗子、料理場は六人と言っていましたが、人数が減ると作る量も減りますよね？　それだけ必要ですか？」

私の言葉に、苗子からすぐに返事が返ってきた。

「四人もいれば十分かと」

調理担当と紹介された人からも声があがった。

「ま、ま、待ってくださいっ、お願いです、辞めさせないでくださいっ！」

「私も、料理の腕は確かなんです、決して黒の宮だからと手を抜いた料理をしませんから！」

ん？　黒の宮だからと手を抜いた料理をする人がいるみたいな言い方ですね？

「声をあげた二人に辞めていただきましょう。他の四人は黒の宮で五年以上勤めている者です」

苗子の言葉に頷く。なるほど。声をあげた二人は、黒の宮で新しく働く人で、ちょっと不満だか不安だかがあった人ってことかな。だったらちょうどいいですね。我慢は体に毒ですからね。

「では、今言った九名はどうぞ黒の宮を辞めてくださってかまいません」

私、いいことした。ここで働きたくないという人を、解放してあげたんだもん。半年も我慢させるなんてかわいそうでしょ。

と、満足げに頷いてから苗子に顔を向ける。この後の流れを苗子に確認しなくちゃね。残って働いてくれる人たちは結局古参の人たちばかりみたいだし、苗子が指示を出さなくても仕事はできるってことだよね？　ってことは部屋の案内や説明とか苗子を私が独占しても構わないよね？

「お、お願いします、鈴華様、どうか黒の宮で働かせてくださいっ！」

「なんでもしますっ！　下働きの仕事でも、なんでもしますから、置いてください」

あれ？　私の行く手を阻《はば》むように二名の侍女が走り寄り、前屈に見えるほど頭を深々と下げた。

もしかして、じゃんけんに負けていやいや来たのではなくて、率先して働きたいと思っていた人が九人の中に混じってた？

「鈴華様、どうかこの手で鈴華様の魅力を引き出させてくださいっ！　今よりも必ず素敵にしてみせますっ！」

「それほど美しければ必ずや仙皇帝陛下のお目に留まること間違いありませんっ！　どうぞ、未来の仙皇帝妃に仕えさせてくださいっ！」

魅力ねぇ、美しい？　何が？　誰が？　心にもないお世辞を並べ立ててまで、黒の宮に残りたいのか……。他の人まで次々と頭を下げている。んんー。

「侍女として不要というのであれば、厠番《かわや》でも靴磨きでもなんでも構いません、お願いします」

「いくらでも謝りますので、どうか、黒の宮に置いてくださいませ」

「わ、私も、お願いしますっ。どんなお叱りを受けても構いません。鞭《むち》に打たれる覚悟もございます。ただ、辞めさせるのだけはご勘弁ください」

鞭打ち？　いやいや、しないし。

なんでそこまで辞めたくないの？　黒の宮で働きたくないって言ってた人も混ざって頭を下げてるよね？

「ごめんなさい。あの、気を悪くしないでちょうだい。先ほど黒の宮で働きたくないという話が聞こえてきたのよ。盗み聞きするつもりはなかったのだけれど……」

私の言葉に、ふらりとふらついて、何名か倒れて尻もちをついてしまった。

「も、申し訳ございませんっ、どうぞ、どうぞお許しください」

ある者は土下座をし、ある者は両手で顔を覆ってしまった。

「大丈夫よ、鞭で打ったりしません。働きたくないというのに無理に働いてもらうのも申し訳ないし、あなたたちも、いたくもない黒の宮にいるよりも辞めたほうが嬉しいでしょう?」

にこっと笑う。自画自賛するのもなんだけど、私優しいよね。なんて思っていたら侍女たちから嗚咽《おえつ》が漏れた。

嬉し泣き? っていう声ではないわよね?

表情が見えないと不便ね。ちょっとだけ目を細めて皆の表情を確認する。

「ひぃっ、も、申し訳……ありま……」

あ、ガタガタと震えだした。やっぱり目を細めた顔は怖いかな。ごめんなさい。

しかし、喜んでいる様子ではないよね。おかしいなぁ。

「本当に、黒の宮を辞めずに働くつもりですか? でしたら……苗子、何か仕事はあるかしら?」

「そうですね、少し考えさせていただいても?」

「ええ、任せるわ。辞めたい人はすぐに辞めてもらって構わないから。残りたいという人には、何か仕事を探してあげて」

「畏《かしこ》まりました。では、みんなは持ち場へ。早速仕事をしてください。あなた方は処遇が決まるまで、庭の草むしりの手伝いでもしてきてください。わかっているとは思いますが、働き方次第で、あなたたちの仕事はなくなります」

苗子の言葉に、元侍女三人と元湯あみ係四人と元調理人二人は、庭師の後をついて出て行った。

ん？　誰も辞めないってこと？　あんなに黒の宮で働きたくないって言っていたのに？

◆◆　◆◆　◆◆　◆◆

使用人がすべていなくなり、控えの間に苗子と二人になったとたんに、頭上から声が落ちてくる。

「あはははっ。実に面白いなっ」

驚いて見上げると、天井の一部に穴がぽかっと開いてしゅたんと人が下りてきた。

「ええ？　お、男の人？」

ずいぶん大柄の人物。声も低いし、体格も身長が高いだけじゃなくて肉厚……ああ、鍛え上げられた筋肉に包まれていそうだ。

上半身は袖のない前合わせの単衣。腕はとにかく太い。下半身はふわりとひざ下まで少し広がった褌《こ》。脛《すね》から下はひもで縛ってある。上下とも黒。

「後宮に……忍び込んだ？」

顔はくどい作り。呂国のような割と平面的であっさりした顔付きではない。髪の色が薄い茶色なので、何国出身なのかわからないけれど、彫りの深さからすれば、金国か銀国《ぎんこく》か。

「うはははは、忍び込んだと、疑問形で問うか。悲鳴は上げないのか？」

ああ、そうか。普通は、忍び込んだ人がいると思えば「きゃーっ」と悲鳴を上げるのか……。

いや、でも……。本で読んだことあるのよね。忍び込む人でも悪い人じゃない人がいるって。

「えーっと、私の護衛？　影っていうのかしら？　それともスパイ？」

男の人の薄茶色の瞳が私をじーっと見ている……ような気がする。二メートルも距離が離れるとぼんやりとしてしまうけど、まっすぐこちらに体も顔も向いてるし、視線だけどっか別を向いていることはないと思う。

「……ほら、苗子も悲鳴を上げてないから、味方ですよね？　えーっと、諜報……隠密？」

なんだっけ。黒い服で、天井裏から出てくる人。

もっとぴったりの呼び名があったような気がするんだけれどなぁ。

「残念ながら全部ハズレだ」

男の人が両手を広げて首を横に振った。

大きなリアクションしてもらえると助かる。表情が見えなくても感情がわかりやすいから。

「あ！　忍者、忍者じゃないですか？」

唐突に思い出し、びしっと指をさすと、男の人はなんの反応もしない。

あれ？

「忍者ってなんだ？」

「知らないんですか？　あなたのように、黒い上下の服に身を包んで、天井裏や床下に忍び込んで情報を得たり誰かの護衛をしたり、それから屋根の上を闇に乗じて素早く駆けたり、えーっと、手裏剣とか投げて敵を倒したり。そうだ、水遁《すいとん》の術とか不思議な術で相手をかく乱できたり」

男の人が笑う。

「まぁ、確かに全部やれないことはないな」

「え？　すごいっ！」

忍者って伝説の存在じゃなかったんだ！

「あはははははっ、いやいや、面白いな。お前」

と、腹を抱えて笑う男の斜め後ろにいつの間にか移動した苗子が立つ。

「お前ではありません。鈴華様です」

「おーそうそう。鈴華様な。初めまして。俺は、そうだな、うん、忍者《レンジュ》とでも呼んでくれ。残念ながら、お前……鈴華様の味方じゃない。ただし、敵でもない」

「味方でもなくて敵でもない？　なんだか、嫌ですね……」

ふと口をついて出た言葉に、忍者さんが頭をかいた。うーん、忍者と呼ぶのはややこしいですね。カタカナ読みのレンジュでいいでしょうか。

「嫌でも、悪いが味方にはなれねぇぞ。俺ら宦官《かんがん》はあくまでも後宮と王宮の連絡役でしかない」

「いえ、味方じゃないのが嫌なんじゃなくて、敵とか味方とかそういう風にしか考えられない人間関係は嫌だなと……あっ！」

突然大声を出した私に、驚いたレンジュと苗子が少し後ずさった。

「宦官って言いました？　宦官って、あれですよね、私、初めて見ました。呂国にはいないので。本では読んだことがあるんです。元は男だけれど、今は男ではないんですよね？　女性であり男性であり……とても神秘的な存在」

本を読んでいたときから気になっていたんです。

男性のシンボルを切り落とすとありますが、そうなると、いったいどうなるのか。女性とも違うんでしょうし、どうなっているんでしょう。

「あの、その、ちょっとだけ、その、男性じゃないわけですし、女性とも言えるわけですよね？ちょっとだけ、どうなっているのか、本にはその、細かく書いてありませんでしたので、ほんの一瞬でいいので……見せていただくことは……」

にじりにじりと、レンジュに近づく。

「ちょ、苗子、なんだ、こいつ、本当に一国の姫か？　適当に顔のいい庶民を養女にして送り込んだんじゃないのか？」

さーっと青ざめたレンジュが、苗子の後ろに身を隠した。

顔のいい庶民を選んだなら私みたいな年増の醜女を選ぶわけないじゃない？　適当にもほどがある。あ、そういえば……他の国の人は、呂国の人間はみんな同じに見えるとか、年齢不詳で若く見えるとか本に書いてあった気がする。

まさか、レンジュは美醜の判断すらつかないくらい見分けがつかない？　年齢もわからない？

レンジュは苗子の後ろで、身を縮めている。いや、全然大きな体は隠れてないですけどね。

忍者って、女性の背に隠れるような弱い存在じゃなかったですよね？　ああレンジュは忍者じゃなくて宦官だから弱いのかな？

「いいえ、鈴華様は、呂国の第一王女様でございます。正真正銘の姫でございます」

「ちょっと変わり者すぎやしないか？　初日で使用人半分に辞めろと言ったときには度肝《どぎも》を抜かれたぞ。それが、実は辞めさせるという脅しをかけるということで逆らえなくする手法かと感心もしたが。……頭が回る人物かと思ったら、ただの変わり者なのか？」

ちょっと待ってください。

何か聞き捨てならないことをレンジュが口にしました。

「脅しをかけて逆らえなくするって、どういうことですか？」

私の言葉に、苗子がうろたえた。

「もしかして、ご存知ありませんか？」

え？　ご存知ってなんのことだろうか。まぁ確かに、調理係には、わざとまずいものを作られても困るので多少脅しはかけましたが。

他の人に関しては、脅したつもりなんてない。むしろ、半年我慢しなくてもいいように、別のところで働けるように辞めさせようとしてあげたんだから、親切にしてるよね？

「鈴華様、侍女たちは――」

苗子が説明しようと口を開けかけたのを、レンジュが制止する。

「まー、おいおい説明してやればいいだろ。それより、初日は、調理場の準備も整ってないからな、夕飯は出るだろうが、昼飯はない。何が食べたい？　俺が王宮から運んでくる」

昼ごはん？　そういえば、そろそろそんな時間ですか。結構待たされたからなぁ。

「なんでもいいです。お願いします」

好き嫌いはないですし。あ、食べたことがあるものの中では。まずいものもあった。でも食べられないほどまずいと思ったことはないので。

「なんでもいいか。ふっ、わかった。すぐに取ってくる」

笑った？　何が面白かったのだろう？

レンジュは、膝を曲げてぐいんと飛び上がる。天井の穴に手を引っ掛けると、そのまま体を引き上げあっという間に天井裏に消えていってしまった。

「すごい……読んだ本には宦官が忍者みたいだって書いてなかったのに……やっぱり、百聞は一見に如《し》かずっていうけれど……本だけじゃわからないことがあるのね」

ふっと、苗子が笑いをこらえきれない感じで噴き出した。

「し、失礼いたしました……」

肩が震えている。

「苗子、笑いたいときは声を立てて笑っていいわ。不敬だとかそういうの全然気にしないで。むしろ、いろいろ気軽におしゃべりができる間柄になれたほうが気が楽……」

「あり……ふふ……がとうござ……いま……あはははは、ふふふ、あははは」

耐えていたものがすべて噴き出したように苗子が声をあげて笑い始める。

「何がそんなに面白いの？」

「いえ、鈴華様で、お仕えする姫様も四人目となりますが……。宦官は男とは違うのかと尋ねられたことはありますが……宦官のそこはどうなっているのかと、ははは、見せてもらいたがったのは……はははは初めてで……。レンジュのあんなおびえた様子は初めてで……くふふふふっ」

うーん。私が面白いのか、それともレンジュが面白かったのか、どちらかな？

「何がそんなに面白いんだ？」

しゅたんと天井裏からレンジュが現れた。

「早っ。まだ数分しか経ってないよね？」

ここから王宮まで往復するのにどれだけ時間がかかるのか想像する。……私の足じゃ、頑張って急いでも十分以上はかかると思うんだけど。さすが忍者。

「隣の部屋に移動するか」

と、レンジュに言われて謁見室に移動する。

控室はずいぶん簡素な作りだったけれど、謁見室は、どこにも木目が見えないようになっている。柱という柱が朱や金で彩られ、壁には呂国の風光明媚な景色が色鮮やかに描かれている。

「これは、呂国の三名山の絵ね。あちらの壁は愁湖《しゅうこ》だわ」

見上げると、天井にも絵が描かれている。

残念ながら、見えないっ！　私の視力じゃ、天井の絵、何が書いてあるのか見えないっ！

二十畳ほどの部屋の一番奥に、ひときわ豪奢《ごうしゃ》な椅子が、一段高い位置に置かれている。

あそこに私が座り、段下の絨毯《じゅうたん》の敷いてあるところに謁見を申し出た人が座るのかな？

その奥に、壁代《かべしろ》……布制の帳《とばり》が吊るしてある。光沢がある黒。まさに呂の色をした布だ。

椅子に腰かけた私を下から見上げた人の目には呂の色が視界全面に入る造りになっているのかと思うと、デザインした人に感服する。

「すごいね、華やかな部屋一面の絵や、窓から見える美しい庭。どれも呂国の素敵な一面を表現しているけれど……、呂……艶《つや》のある漆黒の美しさを動きのある壁代で表現してるなんて……」

「え？　これにはそんな意図があるんですか？」

苗子が、レンジュを見上げた。

「いや、ただの仕切りの布ってだけだろ？」

と、レンジュが布の切れ目を押し開く。

「どうぞ、鈴華様」

ただの仕切り？　あ。布の奥にテーブルとイスがある。姫の控室ってこと？

「や、やだ、もしかして、私の勘違い？」

かーっと頬が熱くなる。恥ずかしい。

真っ赤になって、おろおろしていると、ぽんぽんと唐突に頭を撫でられる。

「いやいや、言われるまで何も思わなかったが、確かにお前の言う意図もあるのかもしれないよな……今までそんな風に言う人間はいなかったから気が付かなかっただけで」

なでなでと、頭を撫でられていますが、えーっと。

私、二十六歳の年増ですけど、普通大人の頭撫でます？

「レ、レンジュっ！　何をしているのですか。鈴華様に触れるとは……っ」

苗子が、眉を吊り上げてレンジュに抗議している。

「あ、わりぃわりぃ。いつもの癖だ」

レンジュの手が頭から離れた。

いつもの癖？

「どうにも、こう、うちにいる黒猫を思い出してな」

レンジュの言葉に、苗子が再び眉を吊り上げる。

「ね、猫？　鈴華様を、猫扱いするなんてっ！　レンジュっ！」

「猫？　本で読んだことがあります！　呂国にはいない動物です。こう、体が柔らかくしなやかで、気まぐれな性格をしているけれど、憎めないとてもかわいい動物。愛玩動物の一つとしてとてもかわいがられていると……いう、猫のことですよね？」

じりじりとレンジュに近づいていく。

レンジュは、なぜか私から後ずさって再び苗子の後ろに隠れた。

「お願いします、その猫に一度でいいので、会わせてください」

「あ、いや、その……たぶん、鈴華様の言っている猫とはちょっと違うかも……」

大きな体をしているのに、忍者のようにすごいことができるのに、なぜ追い詰められた小鹿のように、ふるふると苗子の後ろで震えるのかレンジュ。

「ちょっと違ってもいいんです。レンジュがいつも撫でているんですよね？　かわいいから撫でてるんですよね？　かわいい動物を、撫でさせてくださいっ。はぁ、はぁ」

本で読みました。それ、もふもふって言うんですよね。

「ちょ、苗子、苗子、怖い、何、この姫」

「ぷっ。はははははっ。いや、もう、何が怖いんですかっ！　失礼ですよ、鈴華様にっ。ふふふ。もう、さっさと仕事してください。そのバスケットをテーブルに置いて、鈴華様に昼食を手渡すんでしょう？　それから、いつものくだりをするんですよね？　さっさと済ませましょう」

いつものくだり？

「あ、ああ。そうだな。うん。こほん。では昼食をどうぞ鈴華姫」

レンジュが、テーブルの上に布を広げ、バスケットから取り出した薄茶色のこぶしほどの大きさの塊を置く。

ん？　なんだアレ？　目を細めてじーっと、正体を確かめようと眺める。

「はっ、呂国の新しい黒い姫も、いくら面白いとはいえ、所詮《しょせん》は姫の端くれということか。さすがに、パンとジャガイモを出されちゃ怒るよな」

え？　怒る？　別に怒ってないですけど？

「鈴華様、まずはお座りください」

苗子の引いたイスに座る。テーブルには、布の上に置かれたパンの山とジャガイモの山。それぞれ十個はある。

「昼食にはなんでもいいと指示をしたのはそちらだ。だから、用意した」

「パンと、こちらのジャガイモと言いましたか？　芋の一種ですわね。ふかしてあるんですか？　呂国では芋といえば里芋という芋を食べます。ジャガイモ、本では読んだことがありますが、見たのは初めてです」

興味深くジャガイモを眺めていると、レンジュが待ったをかける。

「ちょっと待て待て、怒ってたよな？　一国の姫にパンと芋だけなんて馬鹿にしてるのかと怒ったんだよな？」

何言ってんだろう？　怒る要素がいったいどこに？

「怒ってませんよ？　私、視力が悪くて、遠くのものを見ようとすると目を細めるので、怒っているような顔になるんです。ジャガイモもパンも何かわからなくて目を細めて見ただけで……あ、そうだ。前髪戻しておきます」

と、表情を見せるために横に流していた前髪をもとに戻した。

「ぶっ、なんだその醜い髪型っ！」

失礼な。

「怒っていると勘違いされることが多いので、こうしているんです。これなら、遠慮なく目を細めていろいろなものを見ることができるんですっ！」

はーっと、レンジュが大きなため息をついた。それから、さっと私の前髪をかきあげる。

「せっかくのかわいい顔が台無しだ」

か、かわいい？　何言ってるの、レンジュ。

「苗子、あれ、なんつった、なんかこうなんかあったろ、顔隠すやつ、あれ用意してやれよ」

レンジュが身振り手振りで何か苗子に伝えた。

「はい。そうですね。……で、いつものくだりの続きをどうぞ」

苗子に促されレンジュが頭をかいた。

「あー、ったく、やりにくいな。あのな、鈴華様、これ、後宮でのルールを教えるための儀式みたいなもんだ」

と、パンとジャガイモを指さす。

儀式？　パンとジャガイモが？　不思議な儀式もあったものだ。

「姫の反応はだいたい三つ。ふざけるなと怒って別の物を要求するか、心に感情を押し込めてなんでもない顔をするか、嫌がらせをされていると泣くかだ。お前の場合は……えーっと……まさか、喜んでは、ないよな？」

もちろん、嬉しいですよ。喜ばないわけがないじゃないですか！

食べたことのない、本でしか読んだことのないジャガイモが目の前にあるんですから。早く食べたいと言いたいところですが、我慢して儀式とやらが終わるのを待っているところです。

「あー、あっと、続けるぞ。怒った姫たちを前に、俺たちはこう言うんだ。『なんでも良いという指示に従ったまでです』と。『不満があるのでしたら、わかりやすく指示するようにお願いいたします』と」

苗子が、レンジュの言葉を引き取って続きを説明する。

「過去に、頼んだことと違うということで処罰される使用人がいました。そのほとんどが、姫様方が心で思っていたことと、使用人がこれだろうと思ったこととの違いによるものでした。もっとはっきりとした指示があれば処罰されるようなこともなかったはずでした。そこで、後宮ではそのような行き違いが起きないよう、指示する側も指示を受ける側もあいまいな表現を避けることに決まりました。本当になんでも良いときはなんでも良いと言っていただければ構いません」

なるほど。なるほど。

「わかったわ。肉が食べたければ肉料理が食べたいと言えばいいのね。もっと具体的な希望があれば料理名を指定する。ああ、もしかして、脂身はなしでとか……料理名だけでなくもっと細かく指示しなければならないのかしら？　だとするとちょっと大変ね……」

とぶつぶつと言い始めた私に、レンジュが笑った。

「ははっ、いや、まぁそうだな。細かいといってもレベルがあるよな。まぁなんだ。こだわりのポイントがあれば細かく指示することだ。指示しなかった部分が違っても文句は言うなよっていう、使用人の保険くらいに思えばいい。塩が足りないと思えば、次からはもう少し塩を入れてくれと言えば済む。塩が足りない、料理人を交代させなさいと言わなきゃそれでいい」

「え？　塩味が足りないくらいで料理人を交代させるの？」

信じられない。

「まぁ、実際そういうレベルで辞めさせた者もいるから生まれた儀式だ」

ん？　あれ？　ちょっと待てよ。

「でも、逆手にとれば、黒の宮で働きたくないなら、指示されたことを無視するなりすれば良かったんじゃない？　さすがに指示に従わなければ辞めさせられるのよね？」

あーっと、苗子さんが額を抑えた。

「使用人は、仕える姫にお暇《いとま》を出されると、仙山には二度と上がれなくなります」

へ？　お暇って、休暇のことじゃなくて、クビってことだよね？

「仙山に上れないって、黒の宮を辞めても、別の宮に移動するわけじゃないの？」

黒の宮が嫌で辞めれば、赤の宮とか青の宮とか別の宮で働けるわけじゃなかったんだ。

仙山を下りることになるのか。後宮で働けなくなるから辞めたくなかったってこと？

「でも、黒の宮で半年も我慢していやいや働くよりは、仙山を下りて別の仕事をしたほうがいいってことはないの？　元後宮の侍女なら良い働き先もあるんじゃないの？」

そういえば、将来仙皇帝宮で働ける可能性が、黒の宮だとゼロだから嫌だって話をしてたっけ。

仙山を下りたら可能性がゼロどころかマイナスになっちゃうから嫌だったのかな。

苗子が首を横に振った。

「長く仙山にいた者は、地上の穢《けが》れた空気に馴染めなくて病《やまい》を発しやすくなる」

へ？　レンジュの言葉にカチンとくる。

「地上の穢れた空気？　なんか、すごく失礼な言い方をしてるように聞こえます」

「ああ、すまん。不浄というわけではないのだ。なんといえばいいのか。高さ故か、仙山には地上の病が上がってこない。風邪をひく者もいない」

へ？

「仙山に住む人たちが病を発しないのは、仙人に近いからって本に書いてあったけれど……」

「いや。風邪を引き起こす穢れがないからだ。姫たちもここにいる間に風邪をひくことはない。だが、地上に戻れば穢れがある。もともと体の強い者であれば風邪で命を落とすことはないが、長く仙山にいて風邪すらひいたことのない者たちにとっては、風邪に打ち勝つことが難しい者もいる。まして、風疹《ふうしん》などの病にかかってしまえば……」

ちょっと待って。

「もしかして……。嫌なら黒の宮を辞めればばって言った私の行為は……」

親切のつもりだったけど。

黒の宮を辞めなさいイコール、仙山を下りろ、イコール、死んでも知らないっていう意味？

「うわぁ……！　苗子、どうしよう……」

苗子の顔を見る。

「大丈夫です。結果としてみんな、残っていますし、姫様方の一方的な悪意により使用人が辞めさせられないように、指示の出し方のルールの他にもいろいろと制度がありますから」

ほっと息を吐き出す。

「良かった。でも、彼女たちには悪いことをしちゃったわね。辞めてと言われて心臓が止まる思いだったでしょうね」

「自業自得ですよ。黒の宮の悪口をあんなにはっきりと口にしていたのですから。正直、鈴華様が嫌なら辞めればと言ったことで、他の者たちも胸がすっとしたと思いますよ。私を含め他の人は、この黒の宮が好きで希望を出して働いている者ばかりですから」

「そう言ってもらえると嬉しい。ありがとう。でも、事情を知らなかったとはいえ……悪いことを言ったことは事実だわ……。できれば半年の間に彼女たちにも黒の宮を好きになってもらえるといいけれど……」

レンジュが笑い出した。

「ははは、お人好しだな。まぁ嫌いじゃないけどなそういうのも。さ、じゃぁ、後宮のルールを説明する儀式も終わったし。改めて、何が食べたい？」

レンジュがパンとジャガイモをバスケットに戻し始めた。

なっ！　何をするの！　私のジャガイモっ！

レンジュのジャガイモを持つ手を勢いよくがしっと両手でつかむ。

「待って！　ジャガイモ、食べます」

ギラギラの目つきでレンジュさんの手に握られたジャガイモを見る。

「いや、だから、これは儀式用で、ちゃんとした食事を持ってくるから」

何を言っているんだろう。意味がわからない。

「私の国では、芋といえば里芋なんです。ジャガイモなんて本で読んだことはあったけれど、食べたことがないんです。食べてみたいんです。食べさせてください。今食べないで、いつ食べろというんですかっ！」

ぎっと見上げると、レンジュさんがうっと、体を引いた。

あ。また苗子の後ろに隠れようとしたでしょう。残念ながら私が両手で手をつかんでいるから逃げられませんよ。

「ちょ、よだれ垂らしてる。苗子、ほ、本当に姫か？　やっぱり、影武者かなんかだろう？」

ふるふるとレンジュが首を横に振っている。失礼な。よだれなんて垂らしていませんよ。

「鈴華様、ではこちらをどうぞ。皮をむいて、少しお塩を振りかけましたので」

一口サイズにカットされたジャガイモを乗せた皿を苗子が差し出した。

「味見でしたらこれくらいの量で十分かと。味見をしている間に、レンジュには他の料理を用意させましょう」

「苗子……しゅき……」

レンジュは、私が手を放すとあっという間に天井裏に消えていった。さすが忍者、素早い。

一口サイズのジャガイモを箸でぱくりと食べる。

ほこ。ほこほこ。

「美味しぃ」

口の中がちょこっともしゃもしゃするけれど、里芋とは全然違う食感。ほんのり甘みがある。

「美味しい。苗子、一緒に食べましょう、あ、苗子は普段からジャガイモ食べてる？　だったらレンジュが持ってくる料理を食べたほうがいいのかな」

里芋も毎日食べ続けると飽きてくるもんね。美味しいんだけど。あ、そうだ。

部屋の中をきょろきょろと見渡す。

「あった、あった」

灯《あか》り用の行燈《あんどん》を見つけ、パカリと中をのぞく。油を指にとり、匂いを嗅ぐ。

「鈴華様、何を？」

「せっかくだから、ちょっと頼んでいい？　この灯り用の油、綺麗な物をこれくらいの鍋に六分目くらい入れて用意してくれる？　あと、おろし金と、すりこぎ、それから箸と……あー、調理場に行ったほうが早いかしら？　ちょっと調理場に、油と、そのパンとジャガイモ持って行ってくれる？　ジャガイモは皮を全部むいておいて」

と指示を出して、庭に走り出す。

「あった、あった。実がなっていて良かった」

イヌザンショウの黒い実を一つ手に取り、ぐっとつぶして匂いを嗅ぐ。

うん、間違いない。イヌザンショウだ。

いくつか実を積んで調理場へ……って、場所がわからない。

「ねえあなた」

庭で草むしりしていた侍女の一人に声をかける。

「は、はひっ、あの、ちゃんと草むしりをしておりますっ」

あ。おびえてる。

「はい、ごくろうさま。ずいぶん綺麗になっていますね」

とりあえずお礼お礼。侍女は、はっとして立ち上がり頭を下げた。ちょ、震えてる震えてる。

怖くないから。ごめんって。

「ところで、調理場の場所がわからないのだけれど、案内してくださるかしら？」

侍女はすぐに姿勢を正してこちらですと歩き始めた。手は泥まみれ。

ごめん。手を洗う時間くらいあげれば良かった。もしくは場所を教えてもらって一人で向かえば良かった。

「こ、こちらでございます」

と、調理場の前まで黙々と案内してくれた侍女。えーっと、怖くないよ？

◆◆　◆◆　◆◆　◆◆

「鈴華様、こちらに用意が整っております」

ずらりと調理人が苗子の後ろに並んでいた。

「あ、皆さんは忙しいでしょうから、仕事に戻ってください」

しまった。私が顔を出すってことはそういうことか。申し訳ない。

……呂国では私はほぼ姫の扱いじゃなかったからなぁ。好きにさせとけばという感じで。さすがに、蛙が卵を生むところが見たいと、冬場に庭を掘り返して蛙を探し始めたのは怒られたけど。だって、本には蛙の卵やおたまじゃくしが蛙になることは書かれていても、蛙がどうやって卵を産むのかまでは書いてなかったんです。五歳ころの話かな。

「じゃぁ、苗子はこれをつぶしてください。私はその間に」

と、調理場をきょろきょろしていろいろ必要な物をかき集める。

何をしているんだろうと、調理人たちはちらちらとこちらを気にしながら仕事をしている。

「呂国では里芋で作る料理なんです。あ、呂国でも、東のほうの一部地域の郷土料理……というかハレの日のごちそうなんですけど。ジャガイモで作っても美味しいと思うんですよ」

と、気になっている人のために説明しながら調理。

調理といっても、私も料理が得意というわけではない。けど、本を読んで気になったものがあれば料理人に作ってもらったり一緒に作ったりしていたので、何もできないわけではない。

「ここからがちょっと慣れが必要なんです」

と、油を入れた鍋を火にかける。

「油をこんなに大量に？　料理……ではないのか？」

という驚きの声が聞こえてきた。

うん。呂国のときも、初めて見た料理人たちはみんな同じように驚いていた。

「えーっと、これくらいです、これくらい、このタイミングで、えいっ。それから、途中で裏に返して、色がこれくらいのときに、そっと引き上げ、あの、あとお願いしていいですか？」

一番近くで手を止めて見ていた料理人の一人に残りをお願いする。

なんせレンジュの持ってきたパンもジャガイモも大量だったのでたくさん作れますから。

「はい、味見しましょう」

初めてジャガイモを使って作った。呂国では里芋で作る……コロッケ。

ジャガイモだとどんな味になるのか。本当は山椒《さんしょう》を使うんだけれど、山椒の代わりに風味の弱いイヌザンショウを使ったので、味の想像がしにくい。

「ほぐっ」

口に入れた瞬間、頬っぺたが落ちそうになった。

里芋コロッケも美味しいけれど、ジャガイモで作ったコロッケ……。甘味があって、ほこほこで、パンを削って作った衣がサクサクで。イヌザンショウの風味は強すぎずジャガイモの甘味を引き立てている。

「美味しい。苗子も食べて。故郷では里芋料理なんだけど、ジャガイモで作っても美味しい」

勧められるままに、苗子もコロッケを口に入れた。

「こ……これは……」

苗子の目が細められる。

「美味しいです。鈴華様……なんと、美味しい……」

うっとりする苗子。うん、美味しいよね。ジャガイモで作ったコロッケ、すごいっ！

いつの間にか、興味を持った料理人四人に囲まれていた。

「あ、皆さんもどうぞ」

と声をかけると、一斉にコロッケに手を伸ばす料理人。

小さく驚きの声をあげたり、目を見開いたりして、口の中に入ったコロッケを味わっている。

「な、なんと美味しい……」

「コロッケ……という名前でしたか？　初めて食べました」

「素晴らしい味……まさか、ジャガイモとパンでこれほどの美味しいものができるとは」

と、料理人たちが口々にコロッケを褒めている。

ですよね。コロッケ美味しいですよね。里芋コロッケも美味しいんですよ。本に書いてあった
サツマイモという芋でもコロッケを作ってみたいなぁ。どんな味になるのか。

「パンとジャガイモを持ってきてくれたレンジュに感謝ね！」

ニコニコと笑ってそういうと、後ろからレンジュのあきれた声が聞こえる。

「は？　俺に感謝？　いやいや、パンとジャガイモを持っていって感謝される意味がわからないんだが……」

レンジュは銀のドーム型の蓋が載ったお盆を持って現れた。

「レンジュもどうぞ」

と、揚げたてのコロッケを差し出す。

「は？　なんだこりゃ？」

レンジュは、みんながコロッケを美味しそうにほおばっているのを見て、口に入れても大丈夫と判断したのかぱくりと一口で半分食べてしまった。

「むっ」

レンジュが顔をしかめる。熱すぎたかな？　揚げたてだし。

「むむむっ」

レンジュはうなったまま、残りのコロッケを口に入れた。

「うはー、おい、これなんだ？」

「コロッケですよ。レンジュの持ってきてくれたジャガイモとパンで作ったんです。美味しいでしょ？　だから、持ってきてくれてありがとう」

レンジュが唖然《あぜん》とした表情で私を見た。

「いや、パンとジャガイモの味じゃないぞ？」

「ああ、味つけに庭に生えていたイヌザンショウの実を使いました。あと、灯り用の菜種油で揚げたので、油の味もしみてますよね。だけど、ほぼパンとジャガイモですよ？」

レンジュがダンッと大きな音を立てて机をたたく。ちょっと、何するんですかっ！

ダンダンダンと、続けざまに机をたたき、体を折り曲げて、変な声を出している。

「ひぃーっひっひっひ、ひひひっ、ひひひひっ、はははははっ、やばい、やばい、やばいって、まさか、パンとジャガイモに文句をつけるどころか……喜んで食べたかと思うと、それで料理して、みんなにふるまうとか……、ありえないっ、ひひ、ひひひっ、はははははっ」

えーっと。どうやら、大笑いしているようです。

「それも、はーは、くくくっ」

息を整え、なんとか笑いをおさめたレンジュが私を見た。

「美味しいんだからな。馬鹿みたいにうまい」

褒めてもらえるのは素直に嬉しい。

「はい。美味しいですよね。呂国では里芋を使ってコロッケを作るんですけど、ジャガイモを使うとまた別の美味しさがあって、いくつでも食べられそうです」

レンジュにもう一つどうかとコロッケを差し出すと、大きな手が私の頭にのった。

「もう、仙皇帝妃なんて目指すのやめろよ。俺の嫁にしてやる」

ん？

「レンジュっ！　何を言っているんですかっ！」

苗子が大慌てでレンジュを怒鳴りつけた。

首をかしげる。

「あの、レンジュって宦官ですよね？　宦官も結婚できるんですか？」

本にはそんなこと書いてなかったけど。宦官については知らないことだらけだ。

「あ？　ああ、宦官か。そうだった、そうだった、俺、宦官……」

なんか、すっかり忘れてたみたいな顔をしてニヤッと笑うレンジュ。

「じゃ、宦官辞めるわ。だから、お前もここ出て俺の嫁になれ」

「レンジュっ！　あなた、なんてことをっ！」

苗子が血管が切れそうなくらい怒ってレンジュに詰め寄る。

「宦官って、辞めることができるの？　それって、どういうこと？　本には書いてなかったけど、まさか、その、また生えてくるんですか？　それとも手術をしてもとに戻すとか？　ああ、気になる。そのことが書いてある本はどこかにあるのかしら？　ないなら、その、やめるときは教えて。あの、どうなるのか、教えてほしいというか……あ、見せてくれとまでは言わないので」

と、詰め寄ると、レンジュがおびえて苗子の後ろに身を隠した。

「すまん、聞かなかったことにしてくれ、な？　俺は宦官だった。宦官辞めるとかできなかったわ。あ、はは、これ、もらってく。じゃあな！　用事があるときはこいつを鳴らしてくれ」

レンジュが、ぽーんと大きな鈴を一つ投げてよこした。

リーンと一回だけ綺麗な音を鳴らして私の手に収まる。

両手の中の鈴から視線をあげると、レンジュの姿はすでになかった。天井裏？　と、見上げる。

「ああ、コロッケがっ！」

苗子の悲鳴に視線をテーブルに戻すと、コロッケがすっかりなくなっていた。

「レンジュ！　全部持っていくことないのにっ！」

「ふふ、苗子、また作ればいいじゃない。パンとジャガイモなら、すぐに手に入るのよね？」

調理場にいる人に尋ねると、代表して一人の女性が頷いた。

「仕事を中断させてしまってごめんなさい。えーっと、夕飯楽しみにしてるわ」

と、みんなに挨拶をして調理場を出る。

◆◆　◆◆　◆◆　◆◆

「では食事の続きは食堂でどうぞ」

苗子がレンジュが持ってきてくれた食事をカートに載せて食堂へと案内してくれた。

広い食堂。食卓は二十名は座れそう。うん。みんなで一緒に食事できそうと言ったら、苗子が客人を招いて食事する場所ですと説明してくれた。

「客人？　後宮には外の人を呼べないんじゃない？」

「ええ、ですから姫様方をお呼びしてお茶会やお食事会を行うんです」

へ？　姫八人が交流会を行うための場所ってこと？

「それ、しないとだめ？」

だとしたら……。使用人減らしちゃまずいどころか、二十人じゃ絶対足りないよね。

「いいえ。しなければならないわけではありません」

良かった。じゃあしない。使用人が足りないのも問題だけど、めんどくさいというか、そんな時間があったら本を読みたい。

テーブルの端に腰かけて食事をとる。白身魚を香草にまぶして焼いたものに、透き通った汁。それから桜の塩漬けの乗ったおかゆと、葉っぱのお浸し。

仙皇帝の後宮、どんな食事が出てくるかと思ったら。食べやすくてすっきりして。ほっとした。

食事を終えると、苗子に黒の宮を案内してもらう。

「最後に、こちらが鈴華様のお部屋でございます」

通された部屋はひときわ広くて豪奢だった。

呂国らしい光り輝くような美しい漆塗りの黒い柱。白い壁とのコントラストがなんとも美しい。

窓枠には複雑な形の飾り模様がついている。

螺鈿《らでん》で美しく装飾された机の引き出しに、レンジュからもらった大きな鈴を入れる。

机に、卓子《たくし》と椅子、それから続きの間には大きな寝台と姿見《すがたみ》。箪笥が八竿《さお》並ぶ。以上！

「ないっ！」

心の叫びがしっかり声に出ていた。

「足りないものがございましたら、すぐに用意させますので」

と、苗子が首をかしげる。

もしやと、一縷《いちる》の望みをかけて、並んだ箪笥を一つずつ開いていく。

服！　服！　服！　服！　……靴に帽子に装飾品に……。

八竿もある箪笥にはびっちりと身に着けるものが詰まっていた。

「これって……」

「新しく入られる姫様のために新調された品々にございます。後宮を去ることになりましたら、すべてお持ち帰りいただくこともできます」

箪笥の中に入っていた一枚の服を手に取る。

この手触りは絹だ。黒の姫の召し物ということで、黒が基調の服が多い。黒って本当に金糸や銀糸が映えるんだよね。作る人も楽しいのか……。柔らかくて肌触りもよさそうな絹に、これでもかと刺繍が……。軽いはずの布がずっしりと重い。

隣の襦裙に合わされた裳。ふわりと膨らみ白から黒へのグラデーションになっている。裾の真っ黒な部分には小花模様の刺繍。

まぁ私の視力では白いぽつぽつにしか見えないんだけどね。裾を持ち上げてみると、細かい花が花びら一枚一枚丁寧に刺繍されてた。

「そちらの服は綿ですが、超長綿《ちょうちょうめん》が使用されております」

私が手に取ってじっくり見て関心があると思ったのか、苗子が説明してくれた。

「ちょーちょーめん……？」

音を聞いてピンとこなかったけれど、綿関係の本を思い出してハッとなる。

「ああ、もしかして、超長綿？　初めて見たわ。本で読んで知ってはいたけれど、貴重な綿なのよね。綿なのに光沢もあってとても丈夫だと……へぇ、これが超長綿なんだ。うん、確かに私の知ってる綿よりも光沢がある。いいわね。綿は好きなの。絹ってなんかこう、つかみどころのないしゃららとしたところがなんかね、肌にまとわりつくような感じも、なんかね……」

ふっと苗子が笑った。

「え？　何かおかしなことを言った？」

「いえ。衣装のデザインを見て好きだとか気に入らないだとか感想を述べる姫様はいましたが、材質に関してそこまで関心を持ったのは鈴華様が初めてです」

んー、そうか。私は着心地には興味があるけど意匠には無関心なんだよね。

「ほら、私猫背で醜女の年増でしょ？　何着たって一緒だから」

へらっと笑うと、苗子がむっとした表情を私に向ける。

普通は使用人が主《あるじ》に対してこのような表情を向けることは不敬とも取られる。

でも私は使用人との距離があるのは嫌なので、こうして感情を見せてくれるのは嬉しい。受け入れてくれたと思っていいのかなぁ。

嬉しくて思わず顔がにやけてしまうと、さらに苗子はむっとした表情を向ける。

「笑っている場合ではありません。鈴華様を馬鹿にする人は私が許しません。鈴華様も、猫背はもっと意識して治すようにしていただきます。年増年増と言いますが、私と一つ違いの二十六歳とはいえ、見た目は私よりも五つは若く見えるんですから、馬鹿にするほうがどうかしています。それから、鈴華様は決して醜くはありませんわ！　きちんと髪を整え肌や瞳や髪の色に合う衣装を身にまとい、目鼻立ちを際立たせるメイクを施せば……」

苗子が、私の肩をぐっと抑えて反らし、背筋をピンと伸ばした。それから前髪をさらりと上げて、目、鼻、口と指さしチェック。

「まずは、肌に合う色を探しましょう。黒はもちろん鈴華様に合うのは間違いありませんが、他にもあるはずですから」

と、苗子が箪笥から服を何着も取り出し私に合わせていく。

「ま、ま、待って、えーっと、その、ごめんなさい。年増だからとか、えっと、ただの言い訳で、本当はおしゃれとかよくわからないというか、興味がないというか……」

「大丈夫です。わからなくても、私たち黒の宮に努める人間は優秀な専門家です！」

うひーっ。苗子の勢いが止まらない。

「ご、ごめんなさい、いえ、あの、興味がないというのも嘘で、その……め、めんどくさいので、どうでもいいんですっ」

後ずさって後ろにある寝台につまずいて寝台に座り込んだ。

「め、めんどくさ……い？」

苗子がショックを受けた顔をする。

「せっかくの素材をお持ちなのに。磨き上げればどれほど素敵になるかと……私の楽しみを」

は？　楽しみ？　苗子の？　でもごめん。たぶんそんなに変わらないと思う。

「あーの、ね？　えっと、ほ、ほら。仙皇帝陛下のお姿を見た人いないっていうし……その、もし、仙皇帝陛下に会うような機会があればね、その……宮廷晩餐会とか何かあれば、ちゃんとするというか……苗子に磨き上げてもらうからね？」

苗子がギギギと私をにらむ。

「その、期待してるから、えっと、苗子の腕に……あは？」

笑ってごまかそうとしたけれど、だめだった。

「鈴華様、姿勢や立ち振る舞い、髪の艶《つや》や肌は、そんな付け焼刃じゃどうにもなりませんっ。もしかして鈴華様がご覧になった本には、醜い家鴨《あひる》みたいな娘が綺麗な服を着てちょっと化粧したら白鳥みたいに美しい娘になったというような物語があったかもしれませんが」

ああ、あった。鏡の中を見て「これが、私？」っていうもの。軽く十はあった。

「あれは、作り話ですっ」

びしぃっと、苗子が断言する。

「猫背一つとってもそうです。治そうと意識して日々過ごさないと治りません。他にも歩き方、食事の仕方、首のかしげ方、覚えなければならない美しい所作《しょさ》は数えきれないほどあります！」

ああ、なんか本で読んだなぁ。美しい所作の本。本で読んだだけじゃなくて、十五歳くらいまでは所作行儀の先生が私にもついて教えてくれてたっけ。

婚約してからは……自由にさせてもらった。なんせ後宮には年子の妹が行くことが決まって私は解放されたから。まさか、それか十年後、私がここに来るなんて思ってなかったから……。

「あの、苗子……えっと、た、たぶん覚えてると思うからね。腰かけるときは、こうでしょ？」

今は寝台にドカッと腰を下ろしているけれど、所作行儀講習を思い出して浅く腰かけ直す。足は、斜めにして。

ころりんっ。

「‼」

「リ、鈴華様っ、大丈夫ですかっ」

ころりんと寝台から落ちてしまった。

「あはは、失敗失敗……体が覚えているかと思ったんだけど、だめね……。少しずつ思い出しながら頑張るわ。猫背も……直すように努力する……」

私のために、怒ってくれる苗子のためにちょっとは頑張ろうと……思います。嫌われたくないしね。せっかく仲良くなれそうなのに。

後宮には私一人で来たから、敵とか味方とかじゃなくて、仲の良い人の一人二人はほしい。

そうだ。赤の姫と金の姫が来てくれてたけれど、あいさつもそこそこだったからあいさつに行ったら友達になれないかな？

「失礼いたしました。つい、興奮してしまい……。あの、それで、先ほど〝ない〟とおっしゃっていましたが、何がないのですか？」

ああ、そうだった。箪笥全部開けたけど、やっぱりなかった。

本が、一冊も。部屋の隅々探したのに、一冊も！　一冊もなかった。

一冊もないというのは、本を後宮に持ち込んではだめということなのだろうか。足りないものは用意すると言っているけれど、本は生活をするうえで足りないものではない。私が、趣味で読みたいだけだ。頼んでもいいのかどうかもわからない。確認しなくちゃ。でももしだめですって返事が返ってきたら立ち直れないよ！

もし、本は準備できませんと言われたら……！　明日からどう過ごせばいいのか！

確かめるのは先送りにしよう。

本が読めないかもしれない恐怖から、夕飯は味がわからないままに終わり、柔らかな寝台で涙を流しながら就寝。

第三章

「おはよう苗子《ミヤオジー》……」

「おはようございます鈴華《リンファ》様。その目はどうなされたのですか？」

目？

もしかして、ちょっと腫《は》れぼったい感じがするけど、見ただけでもおかしな状態なのかな？

「ああ、ちょっとその……故郷を離れたので懐郷病《ホームシック》で……でも大丈夫よ」

慌てて前髪を下ろして目元を隠す。泣いたのは本当。懐郷病は嘘。

……本がないことが悲しくて、悲しくて。いつも寝る前に何か読んでいたから。急に本がない生活になってしまって……。

「ちょっと、朝食の前に散歩してくるわね」

庭に出る。本はなくても、庭には本に書かれていた本物の植物があるのだから……。

庭は雑草も落ち葉もなく、とても地面が綺麗になっていた。

そっか……頑張ってみんなで綺麗にしてくれたんだね。

「でも……だめだわ……」

雑草という草はないって本に書いてあった。一つずつ名前がついているし、雑草のように見えても実は胃腸の調子を整えるだとか、痛み止めになるだとかいろいろな効能があるものもある。やみくもに引き抜いて綺麗にするのも考えものね。

今までは庭師が一人だからそこまで手が回らなかったのが、昨日は十人に増えたから……。うーん。庭掃除以外の仕事を苗子に探してもらわないと。つまらない庭になっちゃいそう。

「どうしたの、うつむいて。昨日のような元気がないみたいだけど」

え？　心配そうな声が上から落ちてきた。この声は……昨日の？

クスノキを見上げれば、昨日と同じ足が見える。

金糸の刺繍が施された鈍色の深靴に、白い光沢のあるズボンが見える。

上を見上げたので、前髪がさらりと顔の横に流れた。

「おいっ！　泣いたのか？　誰にいじめられた！」

焦った声に、クスノキの枝が揺れる。上半身を起こした男の人の姿が見えた。

「あ、黒……」

顔の作りまではよくわからないけれど、髪の色だけはしっかり見えた。

「しまっ、た」

すぐに男の人は木々の間に再び隠れてしまった。

「あなたも、呂国《ろこく》の人なの？」

懐かしい髪の色を見て、心がふわりと温かくなる。

懐かしいといっても、まだ呂国を出てから三日なんだけど。生まれてからずっと黒髪の人の中で育ってきたから、三日も黒髪を見なかったのですごく懐かしい気がする。

「あ、そうかお前、黒の姫だったな。黒髪なんて見慣れてるか。不吉だと言うはずもないな」

「不吉どころかラッキーだわ。仙山《せんざん》に来て初めて見たもの。嬉しい」

私の言葉に、かさりと葉が揺れて、木々の間から黒い髪の顔が現れた。

木に登っている。三メートルくらいの高さだろうか。私からの距離は七、八メートルほどあるので顔はよく見えない。

「ちょっと元気になったみたいだな。僕の髪の色が役に立つことがあるとは思わなかった」

ああそういえば……。

「あの、別にいじめられて泣いたわけじゃないので、えっと、心配してくれてありがとう」

「ん？　いじめられたわけじゃないのか？　黒目黒髪というだけで、心ない言葉を言うやつや、お前のことを見下したような目をする人間がいるだろう？」

ああ、この人はもしかしてそういう思いをしてきたのかなぁ。

私はずっと呂国だったから、そんなこともあるというのは本の中の知識としては知っている。

彼は黒髪の少ないこの仙山で、そんな人たちに嫌な目にあわされ続けてきたのだろうか。

「お前じゃなくて、私の名前は鈴華よ」

「俺は……豹《バオ》……いや、マ、猫龍《マオロン》。マオとでも呼んでくれ」

マオか。木の上にいるあたり、本当に猫みたい。ふふふ。

「いじめられたんじゃないなら、なんで泣いたんだ？　つらいことがあれば改善するように言うよ。その……君……リ、鈴華にはまだ後宮にいてもらいたいから」

後宮にいてもらいたい？

そうね。黒髪がいないと寂しくなるよね。って、まぁ私がいなくなっても次の黒の姫が選出されるだけだけど……。

「改善するように言うって誰に？」

がさりと葉が揺れる。マオが体を動かしたようだ。

「そ、いや、あーっと、ほら、あれだ」

ん？　何か焦ったような物言い。表情は見えないけど、焦ってるの？　言葉が出てこない？

あ、もしかして。

「マオも宦官《かんがん》なのね？」

「へ？」

「だから、仙皇帝《せんこうてい》陛下にお目通りできる立場ってことでしょ？」

マオが、あーっと声をあげた。

「そうか。ああ、そうだな。うん。宦官……ということにしておけばいいのか」

は？

「宦官ということにしておく？　もしかして、ここでは宦官は宦官という呼び方はしないの？」

レンジュは宦官だと言っていたけどな？　わかりやすくそう言ってくれてただけなのかな？

呂国には宦官の制度はないけれど、他の国の後宮や高位貴族の屋敷には宦官も珍しくないっていう話だ。男手は必要だけれど、女性に手を出すような男を大切な女性に近づけたくないという人間が宦官を採用するとか。

仙皇帝の後宮に宦官が働いているという話が本には書いてなかったのは、単に宦官を別の名前で呼んでいるからなのかも。なんと呼ぶんだろうか。女官もここでは侍女頭《がしら》と呼ばれている。宮女は侍女だ。

「好きに呼べばいいよ。で、鈴華はなんで泣いてたの？　いじめられたわけじゃないなら」

宦官の呼び方は教えてくれないのか。仕方がない。もしかすると隠密のように広く知れ渡らないほうがいい情報かもしれない。

「あー……」

本がなくて泣いたなんて言ったら信じてもらえるだろうか？

「誰かにいじめられたわけじゃないけれど……あえて言うならば仙皇帝陛下にいじめられたようなものかな？」

本が一冊もない後宮を作った。

「は？　いじめてないっ！」

マオが怒って否定する。

しまった。仙皇帝陛下の悪口みたいになってしまったか。これはまずい。

「あ、言葉の綾《あや》というか……。その、後宮に本がないのが悲しかったの。その後宮は仙皇帝陛下のものなので、なぜ本を置いてくれなかったのかと……」

「あー、そういうことか。それは仙皇帝じゃなくて後宮を作った人間が悪いんだ。仙皇帝は悪くないから嫌わないでほしい」

マオのほっとした声が聞こえる。

「でも、泣かせて悪かった……。遠慮せずに僕に……いや、宮の者に言えばいいよ」

「マオが私を泣かせたわけじゃないでしょ？　なぜ謝るの？」

「あーっと、僕が……いや。うん、ほら、後宮側の人間として……ってことか、な？」

そうか。マオは責任感が強いんだね。

「本なら、世界中の本の写本が仙皇帝宮の地下書庫に何万冊もある。どんな本が読みたい？　どんな本だろうとすぐに準備させる」

「嘘だ！」

そんな馬鹿な。馬鹿な。馬鹿な。

「嘘じゃないよ。この世に存在する本であれば、どんな本でも準備させるよ」

「仙皇帝宮のあの塔の地下に書庫があるなんて、どの本にも書いてなかったたっ！　何万冊も……世界中の本があるなんて……そんなの……初めて聞いた」

私が、そんな大切な情報を今まで知らなかったなんて、嘘でしょう？　生きている間に読み切れないかもしれない、そんな量の本があるなんて！　後宮の中央にそびえたつ仙皇帝宮を見上げる。目の前の、あの塔の地下に、目と鼻の先に……！

ああ、胸がぎゅっと締め付けられる。

そうだ、本にこういう症状のことが書いてあった。胸がぎゅっと締め付けられて、そしてドキドキして息苦しい。恋だ。そう、これが恋に違いない。私、本の妖怪だもの。本に恋したって不思議じゃない生き物……。って、違う違う。人間、人間だよ。でも本が恋しいのは本当だ。

「まぁ、仙皇帝宮や後宮の情報なんて、いたことのある人間しか知らないからな。外に伝わっていないこともあるんだろうね。で、どんな本が読みたい？　歴史？　地理？　それとも、恋愛小説の類《たぐい》？　百冊でも二百冊でも貸してあげるよ。残念だけど贈るわけにはいかないから貸出になるけど……」

百冊でも二百冊でも？

「だったら、毎月千冊ずつ。分野問わず黒の宮に運んでもらうことはできますか？　黒の宮の空き部屋を図書室にしてほしいですっ。でも、できれば本当は……」

と、そこまで言ったところで苗子の声が聞こえてきた。

「鈴華様～、お食事の用意が整いました。どちらにおいでですか～」

苗子の声のしたほうに顔を向け、再びクスノキの木を見上げるとマオの姿はなかった。

「ああ、良かった。鈴華様ずいぶん明るい表情をしていますね」

苗子がほっと息を吐き出す。

もしかして泣き腫らした顔を見て苗子は私のことを心配してくれていた？

マオに伝えられなかった言葉。

本当は……行きたい。

仙皇帝宮の地下にあるという書庫に行きたい！　ううん、なんなら書庫に住み着きたい！

仙皇帝宮……。そこに見えているのに。

許可された人間しか立ち入ることができない場所。

「お、おはようございます、鈴華様」

朝食をとろうと黒の宮の食堂に向かう途中、庭に出てきていた湯あみ係四人と侍女三人と庭師が頭を下げている。

「あ、あなたたち……」

噂をしていた侍女たちは、仙皇帝妃に選ばれた姫と一緒に仙皇帝宮に行きたいと言っていたのではないか。

姫以外の女性が寵愛を受けないように、妃がいない今は女人禁制。妃が決まっても、仙皇帝宮に入れる女性は、妃の侍女や専属使用人のみ。……不老不死を目的とした女性がいて混乱した時代があったためそうなったらしいけど……。

そりゃ、黒の宮で働くことになったらがっかりするわ！　仙皇帝宮に行けないのは絶望だわ！　仙皇帝宮に行くために必死になっていた気持ちがわかった。痛いほど……！

私も行きたい！　仙皇帝宮に！　地下にある巨大書庫に！　行きたい！

「苗子、この子たちを元の仕事に戻してあげて……あ、でも本当に湯あみは一人でいいし、侍女も苗子が手が回らない部分だけでいいから、えっと、一緒に仙皇帝宮を目指しましょうね？」

という言葉に、みんなが絶句。唖然《あぜん》としている。

あれ？　そんなにおかしなこと言ったかな？　まぁいいや。とりあえず朝食朝食。

苗子と二人で廊下を進むと、天井裏からレンジュが下りてきた。

「おいおい、どうしたんだよ。急に仙皇帝妃を目指すなんて言い出して」

へ？　思わず首をかしげる。

「私、そんなこと言ってませんよね？」

「何すっとぼけてんだ。さっき、仙皇帝宮を目指すって言ってたじゃねぇか。ったく。せっかく俺の嫁にしてやるって言ってんのに」

いやいや、いろいろ突っ込みどころが満載です。

とりあえず順番に。

「仙皇帝宮を目指すと確かに言いましたが、それは仙皇帝宮で働けたらいいなぁって意味ですよ。そうだ、レンジュなら、どうすれば仙皇帝宮で働けるようになるか知らない？」

レンジュが苗子の顔を見た。

「おい、なんだ、この姫。なんで仙皇帝宮で働きたいとか言い出してるんだ？　普通後宮にいるんだから仙皇帝妃目指すもんだろ？」

「私にもわかりません……。働きたいなんて私も今聞いたところです」

二人のやり取りも、もっともだ。

「私も、さっきそう思ったばかりなんで。妃になる姫の侍女にしてもらえばいいのかな？　とすると、他の姫と仲良くなって、仙皇帝妃になったら侍女として連れて行ってとお願いできるような立場になっておけば……それとも、有能な人間として必要とされればいいのかなぁ。採用試験とかあれば絶対に受けるんだけど……」

ぶつぶつと独り言をつぶやきながら真剣に仙皇帝宮で働くための方法を考えてる私を、苗子とレンジュはかわいそうな子を見る目で見ている。なんで？

うーん。やっぱり、一目置《いちもく》かれる人間になるべき？　言えばなんとかなる？　いや、そんなこと仙皇帝陛下が許すわけないか。下手《へた》に野心があると思われても困るし。

どう考えても一番いい方法は……。仲良くなった姫が仙皇帝妃になって、私はそれに侍女としてついて行くということだよね。

よしっ！

「集合集合！　使用人みんな集めて、会議を開きますっ！」

「は？　会議ですか？」

苗子が首をかしげた。

「朝食を食べながら、まぁ話をするだけだから。全員の分の朝食を並べて……えーっと、みんなは使用人用の食堂で食べてるんだっけ？　私もそっちに行くから」

レンジュがぶはっと笑い出す。

「お、お前、正気か？　使用人に交じってご飯食べるとかっ！　あははははっ」

「あれ？　普通じゃないんだっけ？　昔から本を読んでいて気になる食べ物があると、調理場にすっ飛んでいって作ってもらったり一緒に作ったりして、その後でみんなで味見したりしてたからなぁ……」

こてっと首をかしげる。

レンジュがああと、手を打った。

「そうだったな。昨日のコロッケもうまかったぞ。うちの猫も気に入ったようだ。また何か作ったら教えてくれ」

ぽふぽふとレンジュさんが私の頭を撫でてから、天井裏へと消えていった。

ん？　猫にコロッケ？　猫ってコロッケ食べるの？

「全く、何度言えば……鈴華様も怒っていいんですよ。あんなに気軽に鈴華様の頭に触れるなんて……しかも、猫に似てるとか失礼な理由で……」

苗子がぷんすか怒っている。

「ふふ、私のことでそんなに怒ってくれてありがとう。でも、平気よ。むしろ、黒が不吉な色だからと近づくのも嫌だと言われるよりも嬉しい」

私の言葉に、苗子がハッと息をのんだ。

「私も黒が不吉だなんて思っていません……。鈴華様の御髪《おぐし》を整えるのはとても楽しみです」

「と、整えるって……えーっと、結い上げるってこと？」

ぎくりと体を固くする。いや、もう、めんどくさいから、あれも。

本に髪が落ちてこないように、後ろでざっくり結ぶだけでいい。

「まさか、鈴華様、レンジュに頭を触られてもいいけれど、私に髪を触られたくないなんて、そんなこと言いませんよね？」

苗子が悲しそうな表情をする。

「え、い、いや、その……も、もちろんよ。苗子に触れられるのが嫌なんてこれっぽっちも思ってないからね？」

苗子が、私の言葉でにっこり笑った。

「それは良かったです。では朝食の後にしっかりと手入れをさせていただきますね」

ワキワキと苗子の手が準備運動をするかのように動いている。

う、うう、何？　怖い。ちょ、誰か、体を貸して！　体の後ろに隠れさせて！

◆◆　◆◆　◆◆　◆◆

食堂に到着すると、苗子を抜いて総勢十九名の使用人たちが壁際に整列して並んでいた。

テーブルには、パンとスープが用意されている。一つだけパンとスープの他に卵とサラダがある。どうやらあれが私の食事のようだ。

そうか。ここでは朝食はパンか。呂国では朝食はおかゆが多かったんだよね。頼んでみようか。明日からはおかゆでと。でもパンも嫌いじゃないし、自由に作ってもらっていたほうが知らない料理に巡り合える可能性も高いよね？

「席について、食事を始めましょう。あ、それから自由に発言してもらって構わないので。むしろ、早く後宮のことを知りたいので、いろいろ教えてほしいの。知っていることを教えて」

まずは私が席につかなければ他の人も着席しにくいだろうと、席につく。皆が着席したことを見届けてから早速パンを手に取って食べる。

それを見て、苗子が他の使用人に小さく頷いて見せてからスープを飲んだ。

「いただきまーす。お腹すいてたんだ！」

と、元気な声をあげたのは、楓《フェン》だ。下働きとして働き始めた成人前の一番若い娘。

「これ、姫様の前でっ」

隣に座っているベテランの母親が楓を小さくしかりつけている。

「ふふっ、自由に発言していいと言ったのは私だから。じゃあ、食べながらみんなも話をしてね。えーっと、他の国の姫様について知りたいんだけど。知っていることを教えてほしいの」

と、みんなの顔を見渡す。

「今、後宮にいるのは、この黒の宮の他に、左に位置する朱国《しゅこく》の姫がいる赤の宮、右に位置する金国《きんこく》の姫がいる金の宮。その隣の藤国《とうこく》の姫のいる紫の宮ですね」

ん？　んん？　んん？

「四国だけ？　でも、八国が平等に一人ずつ姫を送らなければならないというルールなんじゃないの？　いなくてもいいなら……」

なんで、うちの呂国は私みたいな年増の醜女《しこめ》まで引っ張り出してきて後宮に入れたのか！

「蒼国《そうこく》と碧国《へきこく》と珊国《さんこく》の姫様はいつもの里帰りです」

「いつもの、里帰り？」

そういえば、時々妹も戻ってきていたけれど……。

「月に一回、最長で三十日まで里帰りが認められています。鈴華様もお望みとあれば、すぐに申請を出しますが」

「いえ、私は……」

マオの言葉が真実なら千冊の本が借りられるのに、本を残して里帰りなんてするわけがないじゃないっ！

って、ちょっと待って……。一ヶ月って三十日しかないよね？

「月に一回最長で三十日って……」

苗子がにこっと笑って頷いた。

「そうです。毎月三十日の里帰り申請を出しさえすれば、後宮に顔を出す必要はありません」

な、な、な、なんですってぇ！

「なんでそんなもったいないことするの？」

本が読み放題になるのにっ！

「ええそうですわね。仙皇帝妃になれるかもしれない機会を自ら放棄するなどもったいないと思います」

と、侍女の一人が頷いた。いや、そっちはどうでもいい。

「ですが、この三十年、仙皇帝陛下は顔すらお見せになりません。貴重な時間を後宮に閉じ込められて過ごすよりは、国で婿探しをしたほうが有意義だと感じている姫様もいらっしゃるようです」

む、婿探し……。

確かに、二十歳から二十三歳の間後宮にいたら、戻ったらすぐに結婚しない限り行き遅れと言われてしまうわけだし……。

「それに、ここには使用人が少ないうえに、家族や友人など親しい者もいません。さらに娯楽が少ないですし、後宮にとどまるのを苦痛に感じている姫様もいます」

は？　いやいや、使用人が少ないほうが楽だし。

親しい者は……いないと寂しいけど、もともと割と一人で過ごすことが好きだし。

本がたくさんあるっていう最高の娯楽もあるじゃない。

あと、庭！　すごい庭があるのに！　いろいろな国の植物や虫たちをこんなにコンパクトに見られる場所があるのにっ！

「と、いうわけで青の宮と、緑の宮と、桃の宮は何年もほぼ空となっております。銀の宮は三ヶ月ほど不在でしたが、近々新しい姫に交代するという噂です」

そうなのか。

なんだかいろいろ衝撃的事実。

「まさか……私の他に三人しかいないなんて……」

仲良くしてる姫が仙皇帝妃になったら侍女として連れて行って作戦……。三人の中に仲良くなれる人はいるだろうか。

赤の姫と金の姫と紫の姫……。えーっと、順番に訪問しようかな。

幸い、隣と隣の隣らしいから。

「あ、それから誰か、仙皇帝宮で働いている知り合いがいる人はいない？」

「もしかして、仙皇帝陛下がどんな人か知りたいの？　私も知りたい。誰も知らないっていうんだよね」

と、楓が口を開いた。

「三十年前まで在位していらした前仙皇帝陛下の噂でしたら聞いたことがあります。鍛え上げられた肉体を持ち、凛々《りり》しく整った顔立ちをした方だったと」

庭師の言葉に思い出した。

「ああ、それなら私も本で読んだことがあるわ。在位五十年で、一人も妻を持たなかった。ん？　あれ？　妻を持たなかった？　もしかして、前仙皇帝在位の五十年と、現仙皇帝陛下が即位してからの三十年、合わせて八十年間仙皇帝妃がいないってこと？　え？　あれ？　私が後宮にいる間に、誰かが仙皇帝妃になる可能性って……めちゃ低くない？」

こ、困る！　それじゃあ。仙皇帝妃にくっついて皇帝宮で働く野望がっ！　地下書庫！

「ねぇ、なんで仙皇帝陛下は結婚しないの？」

「うーん、気に入った姫がいないのでしょうね」

「ど、どういう姫なら気に入るの？」

「どうでしょうか。容姿が優れた姫なら何人もいらっしゃいました」

「若くてかわいくてスタイルも良い姫様も何人もいましたね」

えー。

「そのうえ、お優しい姫様もいらっしゃいました」

はー……。若くてかわいくてスタイルもよくて優しくてって……えーっと。

「鈴華様のような姫様は初めてですね」

苗子が言えば、使用人全員が私を見て頷いた。それも、深く何度も。

年増で、醜女で、スタイルも悪く、変わり者……。は、はい。ええ、まあ……。

普通はそんな姫を後宮に送り出そうなんて思いませんよねぇ……。

「案外、鈴華様みたいな女性が好みだったりして？」

と、苗子がぼそりとつぶやくと、使用人がぴたりと動きを止めた。

ふっ。苗子、その言葉の「私みたいな」ってのは、美しくなくって、若くなくって、優しくないって言ってるようなものじゃないかな。

わ、私、優しいよね？　優しさだけはあるよね！

ちょ、なんか変な空気！　誰かフォローしてっ！　……あ、もしかして、初日の「辞めていいよ」が「意地悪な姫」ってなってる？　そんなぁっ！

「鈴華様は、磨けば十分美しいと思いますっ！」

「そうです！　歴代の姫様に負けないくらいの美しさを持っていますっ！」

と、湯あみ係の二人が立ち上がって主張し始めた。

え、フォローするの、そこ？　いや、でもフォローありがと。

待てよ？　もしかして磨きたいだけじゃないかな、二人とも。

そうか。そんなに自分の仕事に誇りを持っていたんだね。私がめんどくさいからいらないとかわがまま言っちゃだめだったんだね。

そういえば、本にも書いてあったな。仕事を作るのも、上の者の役目だと。仕事を作って働かせて給料を渡す。それが国を治めるということだと……。

うーん。姫としての役割を私は放棄した形になるんだ。反省。

それに、よく考えると……。

親しくなった姫に連れていってもらっても、仕事ができなきゃだめなんだよね。湯あみ係の仕事を覚えるとか侍女の仕事を覚えるとか私には必要なことなんじゃないかな？

よし。仕事を教えてもらおう。

「湯あみ係の仕事に戻ってください。ただし、週の半分ほどお願いするだけで、あとは私に仕事を教えてほしいの」

「仕事に……戻ってもいいのですか？　ありがとうございますっ！」

湯あみ係四人が立ち上がって深々とお辞儀をする。

「仕事を教えてというのは？」

「私、湯あみ係の仕事を覚えたいの。そうね、私の代わりに苗子を一緒に磨きましょう。いいわね、苗子。私の仕事の訓練に付き合って！」

と、苗子の顔を見ると、苗子がすすすと隣の人の陰に隠れた。

「い、いえ、それは、その、私にも仕事がありますから、湯あみ係で順番に……お互い磨きあえば、その、自分たちの腕を向上させることにもなるでしょうし……」

なるほど。

「じゃ、初日はあなたが、私の代わりね」

にこっと笑うと、指名した子の顔がちょっと青くなっている気がする。

よし。今日の作戦会議（私が一方的に脳内で開催）は終了。

まずは私が、仕事ができるようにならないといけない。うん。

それから、仲良くなる候補の姫は、朱国、金国、藤国の三国。

まずは会ったことのある朱国の姫のところへ訪ねてみよう。うん。そうしよう。

「朱国の赤の姫ってどんな方？」

苗子に質問すると、侍女の一人に視線を向けた。

「ジョア、あなたはここに来る前に赤の宮に勤めていましたね？　赤の姫について知っていることをお話ししてあげて」

ジョアは、侍女の中で一番背が低くて赤と金が混じったような髪の二十歳前後の女性だ。

「はい。今の赤の姫様は、八年前から後宮にいらっしゃいます」

「八年？　ずいぶん長いですね」

仙皇帝陛下の寵愛を受けられなければ、五年前後で新しい姫と入れ替える国が多いと聞くけれど。

「赤の姫……スカーレット様は、十六歳で後宮に入り、今年で二十四歳のはずです」

「二十四歳って、私と二つしか変わらないのね！　もっと若いかと思ってた！」

呂国の人間は年齢とか想像できるけど、彫りの深い大人っぽい顔つきの国の人って全然わからないのよね。

「え、ええ……」

ジョアが微妙な顔をする。

そういえば、ジョアは私のこと年増とか行き遅れとか仙皇帝陛下の寵愛が受けられるわけがないとか話してた一人だっけ？　とすると……。二十四歳といえば……年増。八年もいて寵愛を受けられなかったのだから、これから先も妃になる可能性がない……と、見限って別の宮への移動届出したってことなのかなぁ。

まぁ仕方がないか。仙皇帝宮の地下の巨大図書保管庫に入るためなら。って、それは私の野望だ。でも仙皇帝陛下が姿を現さないなら誰でも一緒な気が……。隠れてないで早く姿を現して！

「スカーレット様は、どのような方なの？」

ジョアがちょっと間《ま》をおいて口を開く。

「火のような方です」

言葉を選んだのだろう。

「確かに、燃える炎のように真っ赤な髪をしていたわね。とても綺麗でした」

スカーレット姫の赤い髪を思い出す。素敵な色だった。そういえば、口紅も真っ赤だった気がする。とても赤が似合う人なんだ。はっきりした顔の美人だった。

「いえ、そういうことでは……」

ん？　違うの？

「火のように、熱い方というか……その……」

ああ、性格が火のようだということね。本にも出てきたことがあったわね。

「情熱的ということかしら？　明るい人という意味かしら？」

ジョアが困ったように眉をハの字にする。違ったのかな？

「まぁいいわ。人によって感じることは違うでしょうし。こういう人だと決めつけて接するのも良くないと本に書いてあったものね。で、えーっと、スカーレット様に会いに行こうと思うんだけど、どうすればいいの？　訪問したいけどいつ暇ですかって聞いてきてもらえばいいの？　それとも手紙を届けてもらったほうがいい？　さすがに突然の訪問はだめだよね？　あと、仲良くなりたいから手土産を持って行きたいんだけれど、何がいいかしら？」

苗子がすぐに答えを返してくれた。

「侍女を通してあちらの都合をお伺いいたします。手土産は、後宮では不要です。欲しいものはすべて支給されます。どの姫様も、手に入らないものはありませんので。いつがよろしいでしょうか？　すぐに連絡を取りますが」

手土産は不要？　そうなの？

「あー、でも、手ぶらで行くのもちょっと。一緒に食べましょうってお菓子とか持っていったほうが、食べながら話ができるんじゃないかな？　やっぱり甘いものがいいよね。うん、そうだ！　あれを作ろう。時間がかかるし作るの大変だから、めったに食べられない特別なお菓子！」

と、ぽんっと手を打つと、料理人が心配そうな顔で私を見た。

「あー、そうね、食事の用意もあるし、時間がかかるものを作ってもらうのは……あ、そうだ！　あなたたちにお願いしてもいい？　ちょっと大変だけど……」

昨日は庭掃除をしていた料理人二人がすくっと立ち上がった。

「はいっ、もちろんです！」

「美味しいものを作るためならば、大変だとは思いませんっ」

「ありがとう。お願いするわね。手土産にするから失敗は許されない……と言うつもりはなくて、私も美味しいもの食べたいし、みんなも美味しいもの食べたいよね。みんなで美味しいお菓子食べるために頑張って。作り方は教えるから。あーっと、材料は、胡麻《ごま》と、あ、胡麻はもちろん黒ゴマね。呂国っぽいほうがいいわよね、それから……」

慌ててメモをしようとする料理人と苗子。ああ、食事中にメモはないか。

「ごめん、メモして後で渡すね。で、材料揃ったら呼んでくれる？　えーっと、作るのに少し時間がかかるから、訪ねて行くのは明日以降ってことにしてもらっていいかな？」

というわけで、食事を終えて部屋に戻ってから、さっそくメモをしたため苗子に渡す。

「材料が届いたら教えて。作り方を教えに行くので。庭にいるから」

苗子に手を振って庭に出る。


「おい、お前、いったい誰に何を頼んだんだ」

「うわっ」

庭に出るなり声をかけられ、驚いて大きな声が出た。

今の声、レンジュ？

「う、う、うわぁぁぁっ！」

振り返って、今度は歓喜の声が出る。

な、な、な、何？

「す、す、好きっ！」

私の大好きな、大好きな、愛してやまない本がっ！　山のように積みあがっている。

「は？　いや、いきなりそんな、愛の告白されても、どうしたんだよ」

にょきっと、本の山の後ろからレンジュの顔が出た。あ、ああ、本を山にしてレンジュが運んでる途中だったのか！

「どうしたも何も、この本の山！　私、本、大好きなのっ！」

レンジュが口を大きく開け、あきれた声を出す。

「はぁ？　好きって、俺のことじゃなくて、本かよっ！」

「い、いえ、レンジュも好きだよ。本を運んでくれたんだもの。これ、読んでもいい？」

レンジュが、不満そうな顔をする。

「本を運んでるから好きって、お前、全然俺のこと好きって言ってないぞ？」

あれ？　そうだっけ？

「読んでもいいが、まずは運ぶのが先だ。まだ大量に運ばないといけないからな」

「た、大量……」

やばい、よだれが出そう。あ、本を食べるわけじゃないです。

千冊の約束は本当だったんだ！　嬉しすぎて胸がどきどき。

「あと何往復しなくちゃいけないと思ってる」

「往復……？　もしかして仙皇帝宮の地下の書庫と往復を？　あ、あの、私も、私も運ぶの、手伝う」

レンジュがふっと笑う。

「いや、女性に重たい物を運ばせるなんてできない」

ぶるぶると首を横に振る。

「だ、大丈夫だから、無理しない量で手伝うので、あの、遠慮せずに、私に手伝わせて」

はぁ、はぁ、はぁ。

書庫、仙皇帝宮の地下書庫……世界中の本が収蔵されている、夢の世界。はぁ、はぁ。

じりじりと、大量の本を抱えたままレンジュが後ずさる。

「ちょ、怖っ、なんか、怖っ」

失礼な。今日も前髪で目は隠してるから睨んでるはずはない。

「手伝わせて、手伝わせて」

レンジュは私から逃げるように、本を持ってすたすたと歩き始める。図書室に指定した空き部屋にドスンと本を置くと、すぐに庭に戻る。

「レンジュ、聞こえてる？　ねぇ、レンジュ、手伝うから、ねぇ、手伝う」

レンジュの腕をつかむ。天井裏とか木の上とかに逃げられないでしょ！

このチャンスを逃してなるものか！

「ちょっ、な、何勝手に俺に触ってるんだよっ」

レンジュが顔を赤くして私を引きはがそうとする。

「放すと、逃げるでしょっ」

「いや、逃げない、逃げないから、放せって」

逃げないと言いつつ、私をずるずると引きずるように庭の奥へと進んでいく。明らかに逃げ腰だし、手を離した瞬間、目の前から消えるやつだ。私にはわかる。

「あー、もう、手伝ってくれようとするのはありがたいけどな、仙皇帝宮に女を入れるわけには

「いかないって」

う……。どさくさに紛れて入れるかと思ったけど無理か！　女人禁制の壁よ！

肩を落としてレンジュの腕を放す。

「そっか……」

あまりに落ち込んだ姿にレンジュが慰めるように優しく声をかけてくれた。

「まぁ、方法がないわけじゃないぞ……」

レンジュの大きな手が私の頭を撫でている。

「方法？　侍女として働くとか、下働きとして働くとか？　それ以外にも方法があるの？」

ゆっくり頭を上げて首をかしげる。

「あー、まぁ、仙皇帝妃が決まれば妃の世話をする者なら女でも入れるようになるが……」

やっぱり！　妃の侍女や使用人にならないと入れないのか。

「俺の嫁になったほうが早いぞ？」

へ？

「仙皇帝宮に行きたいなら、俺の嫁として行くか？　出入り自由だぞ？」

す、すごい！　なんか、宦官の権利すごい！

って、まって、宦官と結婚なんてできたっけ？

あれ？　そう言えば、宦官辞めることができるんだっけ？　あれ？

「兄さん、何口説いてるの？」

頭上から声が降ってきたかと思うと、私とレンジュの間に人が割り込んだ。

「おう、なんだ、お前、仕事は？」

レンジュを兄さんと呼んで降りてきたのはマオだ。

「マオっ！　ありがとう！　本、本当にお願いしてくれたんだっ！」

まずはお礼！

どれだけ私が嬉しかったか伝えないと！

「ぶっ、何、お、お前、マオって……猫《マオ》って呼ばせてるの？　ぶぶぶっ、ははは
っ」

レンジュがげらげら腹を抱えて笑い出す。

「兄さんこそ、レンジュってなんですか？　というか、後宮の女性を口説くなんて、仙皇帝に対する反逆とみられますよ？」

目の前に立ったマオは、背丈は私より頭半分くらい大きい。スマートな体型。私より頭二個分

は大きくて、筋肉ががっしりついた大柄なレンジュととても兄弟には見えない。

……それとも、宦官たちは、お互いのことを兄弟として先輩を兄さんと呼ぶ習慣でもあるんだろうか？　確か遊郭では先輩の女性のことを「姉さん」と呼ぶと本で読んだ。

「ふっ、どうせ〝仙皇帝様〟は妃を取る気なんてねぇんだろ？」

レンジュが挑発的な目をマオに向けた。

「気が変わればすぐにでも妃を召しますよ」

マオも挑発的に言葉を返す。

二人がしばらくにらみ合う。

「とにかく、だめですからね、兄さん。鈴華に手を出したら兄さんでも許さない」

レンジュがガシガシと乱暴にマオの頭を撫でた。

「はいはい。これでも仙皇帝陛下に逆らう気はないからな、鈴華が後宮を出るまでは手は出さないよ」

え？　手を出す？　いやいや、本の妖怪に手を出すってないない。

あれ？　もしかして……女性として見てるって意味じゃなくて……。今までよくも怖がらせてこき使ってくれたな、もう容赦しねぇぞ、バチコーンっていうほうの手を出すって意味？

怖っ。

「鈴華、後宮を出るつもりなの？」

驚いたマオが私の両肩を掴んだ。

「わ、綺麗……」

ここで、初めてマオの顔を見た。どんな顔をしているのかわかる距離で。

すごい美少年だ。いや、少年と呼ぶほど若いわけじゃないかな。二十歳くらいかな？

肌が白くて、金色の目がピカピカしてる。

黒髪だから、呂国の人たちみたいに黒目だと勝手に思い込んでた。

前髪が少し目にかかってよく見えない。もっと見たいなぁ。

手を伸ばして、マオの前髪をそっとかき上げる。

「リ、鈴華っ」

びくりと一瞬体を硬くするマオ。

「あ、ごめんなさい。あの、顔が……その、金色の目が綺麗で、もっと見たくて……」

という私の言葉に、マオの後ろのレンジュがげらげら笑いだした。

「あはは。マジ、面白いなぁ。予想がつかない行動ばっかりだな、お前は。最高だぜ。くくく」

ひとしきり笑った後、レンジュがマオの肩をぽんっと叩く。

「綺麗だとさ。良かったたな」

「闇夜で光る獣の目みたいだと……」

マオが小さな声でつぶやく。

「黒髪に、金の目だから？　黒髪の隙間から金の目が光って見えるから？　誰かにそう言われたの？」

マオが首を横に振る。

「いや、言われなくてもそう思っているのが……わかる」

まぁ、蔑《さげす》みの目とか感情って結構伝わるし、聞きたくない声が聞こえてくることもあるけど。

「私には星に見えるけれど。夜空に輝く星。綺麗だと思わない？」

マオがはっとなる。

自分の前髪をかき上げて、目を出す。

「ほら、私なんて夜空だけよ？　目も黒いもの。暗闇しかない」

マオがまっすぐと私の目を覗き込んでいる。

「本当だ」

う。よほど黒イコール暗闇と思っているのかな。肯定されるとは思わなかった。呂国では黒目黒髪ばかりだから誰も闇色なんて言わないんだけどなぁ。

「星が輝いてるみたいだ」

え？

「鈴華の瞳に僕の目が映ってる……鈴華の目にも小さな星が見える」

マオの言葉に思わず、マオを抱きしめる。

ごめん。私こそ闇色だなんて偏見《へんけん》持ってたのかもしれない。

呂国の人は言わないけれど、本にはいろいろと書いてあった。不吉な色。暗闇。地獄。苦しみ。不幸。黒はよくないと……。

そんなことはないって思っていたけれど、呂国を離れ、黒色の少ないこの場所ではやっぱり自分がちょっと異質な気がして……。

「ありがとう！　私の目に星の輝きをくれてっ！」

そうだよ。マオの言う通り。黒はいろいろなものを映し出すことができるんだもん。星も手に入れることだってできる素敵な色だよっ！

「ちょっ、鈴華っ」

焦ったマオの声に、慌てるレンジュの声が聞こえる。

「バカ、何してるんだ、抱き着くなら俺にしろ」

首根っこをつかまれた。

ちょっと、レンジュ、猫じゃないんだから、その扱いはひどくない？

「ほい、いいぞ」

両手を広げて抱き着けというレンジュ。

いや、抱き着かないし。

「鈴華さまぁー、どこにいらっしゃいますかぁー、お菓子の材料が届きましたよー」

あ、苗子が呼んでる。もう材料揃ったんだ。

「菓子の材料？　また何か作るのか？」

レンジュが首をかしげる。

「私は作り方を教えるだけ。料理人に作ってもらうの。呂国の西方の特別な日に食べるお菓子」

私の言葉を聞いて、レンジュが目を輝かせた。

「どういうお菓子だ？　俺の知ってるやつか？　あの、コロッケうまかったぞ。そのお菓子もうまいんだろ？」

マオが私の手を取った。

「コロッケ、本当に美味しかった。僕にも今から作るお菓子を分けてもらえる？」

コロッケが美味しかった？　マオの嬉しそうな顔を見てから、レンジュの顔を見る。

レンジュがコロッケを持ち去ってしまったのは、何も一人で食べようとしたわけじゃなくて、弟に食べさせてあげたかったからなのね。

「たぶん、二人とも知らないお菓子で、食べたことがないお菓子だと思う……」

呂国の中でも狭い地域でしか食べられていなかったのだ。しかも、特別な日にしか作られない。まぁ、手間がかかるというのと、高価な砂糖を使うからなんだけど。

「でも、本当に食べる？」

一応聞いておかないと。二人とも悪い人ではないから出された物を無下《むげ》に扱うことはないとは思うけど。

「おお、食べる食べる。男は甘い物が苦手だと心配してるのか？　それなら大丈夫だ。俺は、すっぱすぎる物と苦すぎる物以外はなんでも美味しく食べるぞ。甘すぎる物も平気だ」

レンジュがどや顔をした。はー、うん。なんか、好き嫌いなさそうな感じそのままですね。

「僕は、鈴華が特別という物が知りたい。そして……鈴華と同じように味わいたい」

マオが私の瞳を覗き込む。

目の中に映る自分の金の瞳が見たいのかな？　まっすぐ見てくる。

「えーっと、本当？　二人とも……大丈夫かな？」

私の問いに、レンジュとマオがちょっと声を荒げた。

「俺の胃袋を疑うのか？」

「毒が入っているなんて疑ったりしないよ」

あー、疑ってもいないし、疑われているとも思ってませんが。

困った顔をして笑う。

「見た目、真っ黒だけど……大丈夫？」

他の国では黒は忌避されがち。つまり、黒い食べ物を口にするなんて、闇を体に取り入れるという人もいる。

「ぶはっ、そりゃ楽しみだ。真っ黒な食べ物、ははは、そりゃいい。確かに食べたことないな」

レンジュが嬉しそうに笑った。

「鈴華に会ってから、僕は黒は好きだよ。この自分の髪色さえも愛《いと》しくなった」

マオが照れたように笑う。

……会う前は嫌いだったってこと……だよね。

「鈴華さまぁー、鈴華さまぁー」

苗子の声が近づいてきた。

「おっと、俺は本を運ぶ途中だったな。マオ、お前も仕事に戻らないとだめだろ？」

レンジュの言葉にマオが小さく頷いて、あっという間に木々の間に姿を消す。まるで、猫みたいに、木に登って、木から木へと移動しちゃった。

「じゃぁ、お菓子楽しみにしてるぞ！」

手を振って仙皇帝宮に向かってレンジュも姿を消した。

◆◆　◆◆　◆◆　◆◆

「鈴華様……なんか、見た目がすごいですね」

出来上がりましたと料理人からの連絡を受け、食堂に苗子と向かう。

お菓子を見た苗子の第一声がこれである。

「美味しそう！」

私の第一声がこちら。よだれは垂らしていません。

「早速味見してもいい？」

真っ黒なつやっつやの餡に包まれた、一口大の団子を串にさして口に運ぶ。

「うっ、美味しい！　すごい、完璧っ！」

もぐもぐ。

「ほら、苗子も食べてみてよ。あ、黒い色の正体は、黒ゴマと黒糖だから。大丈夫大丈夫」

黒ゴマを二時間すりつぶし続けると、練りゴマになる。油が浮いてきてつやつやになってきたところで、黒糖を入れて混ぜる。するとトロトロつやつやの黒ゴマ餡ができるのだ。

中の団子にも練りゴマを混ぜてもらい、灰色になっている。色はこんにゃくみたいな感じ？まぁ、一口で食べちゃうと色までは見えないんだけどね。

胡麻の香ばしさと、黒糖の甘味。団子のもちっとした感じと、とろりとした餡と、もう絶妙。

「どうぞ、皆さんも召し上がれ」

私が味見するのをじーっと見て動かない料理係二人と苗子に声をかける。

「はー、美味しい」

手を伸ばして次の団子に串をさす。うまうま。もぐもぐ。

「で、では、いただきます……」

ゴクリと唾を飲み込んで料理人の一人が串を手に取り、団子にぶっさす。

パクリと一口で口に入れる。両目はつむっている。

何、覚悟して食べるみたいな表情してるけど……それとも、二時間以上胡麻をすり続けた自分を褒めてあげたいです、みたいな顔？

「お、美味しいですっ！」

その言葉に、苗子と別の料理人も黒ゴマ団子を食べる。

「ああ、あれだけの手間をかけてまでも、これは食べたい味ですね！」

料理人が満足げにうっとりと目を閉じた。はい。感動しますよね。

胡麻って、こんなに美味しかったんだって、改めて思いますよね。しょっぱい系の料理にはよく胡麻は登場するけれど。甘いお菓子とも相性いいんですよ。

「リ、リ、リ……」

苗子が鈴虫になった。

「鈴華様っ！」

そして、唐突に私の両手をつかむ。その表情は真剣そのものだ。

「私、侍女として未熟でした。お仕えする鈴華様が、美味しいとおっしゃっているのに……。見た目で食べることを躊躇《ちゅうちょ》してしまいました。なんて愚かだったのでしょう……。こんなに、この世のものとも思えないほど素晴らしいお菓子を……惜しげもなく私共使用人にまでお与えくださるというのに……」

「ちょ、苗子、大げさ大げさ。っていうか、むしろありがとうね。呂国では黒ってそんなに気にならない色だけど、苗子たちは黒い食べ物怖いでしょ？　それなのに食べてくれて……」

ん？　あれ？　あれ？　ちょっと待ってよ？

……いくら美味しくて、私のおすすめっていっても……。

これ、スカーレット様に手土産で持って行くわけにいかないわよね？

黒くない食べ物にしたほうが良くない？

「ねぇ、苗子、スカーレット様と会う日って、決まった？」

手土産の準備をし直さなければいけない。

「失礼いたしますっ！」

食堂に、侍女の一人が慌てて入ってきた。侍女は訓練されているので決してみっともなく走ってきたりはしないが、慌てているのはその動きでわかる。

苗子にごにょごにょと何かを伝えている。なんだろう？

「鈴華様、赤の姫、スカーレット様が謁見控室でお待ちだとのこと。会いたいならすぐに会ってあげるわと、そのままこちらへ来たそうです」

え？　マジで？

「ああ、どうしよう、準備ができていない。あ、でも謁見控室って椅子もなかったのよね。待たせるわけには、いいわ、こちらへ通して」

「こ、こちらに、ですか？」

苗子が驚いた表情を見せる。

「だって、今からあれこれ部屋の準備してたら待たせちゃうし、えーっと、とりあえず、こちらで準備が整うまで待っていただくってことで？　お茶もここならすぐに出せるでしょ？」

と主張すると、苗子が侍女にスカーレット様をお連れするようにと声をかける。

食堂といっても、ここは従業員用ではなく、お客様用のちゃんとしたほうなので問題ないよね？

食堂の入り口に、スカーレット様とその侍女四名が姿を現す。

「ようこそ。いらしていただいて嬉しいですわ。あ、えーっと、どうぞ、おかけになって。急なことで何も準備が整っていなくて申し訳ありませんが……」

と、多少言葉遣いを丁寧にスカーレット様に伝える。

座ってと言ったけれど、スカーレット様は動こうとしない。

「あの、ごめんなさい、えっと、上座とか下座とかその、関係なしで、えーっと、好きな席に座ってもらえればいいから。あーっと……」

と、慌てて言葉を足す。

本によると、上座とか下座って、国によってもいろいろ違うんだよね。食事に関しても、招いた側が先に食べるマナーもあれば、招かれた側が先に食べるマナーもあって……。朱国ではどんなマナーだったのか復習する暇もなかったよ。ジョアに聞けばわかるかな。いや、苗子でもその辺のマナーは知ってるかな。

ピクリとも動かないスカーレット様は、テーブルの上の黒ゴマ団子を凝視している。

「なぜ、泥団子が載っているんですの？」

はい？　泥団子？

黒ゴマ団子が積みあがった皿を見る。う～ん、確かに、泥団子に似てなくもない？

「泥団子じゃないですよ、美味しいんです。呂国の西の地域で特別な日に食べるお菓子で……」

小皿に黒ゴマ団子と串を載せて差し出す。すると、スカーレット様は小刻みに震え出した。

「嫌がらせのつもり？」

！

そうだった。黒くない食べ物にしようと思っていたばかりだというのに。本当に美味しくて、つい勧めちゃった。

「いえ、そんなつもりはなくて。本当に美味しいんです」

嫌がらせじゃないことを証明しようと、黒ゴマ団子を口にする。

「は～。美味しい」

誤解を解くための行動が、なぜか裏目に出た。スカーレット様は顔を真っ赤にする。

「特別な日に食べるお菓子を、毒見をして出したにも関わらず、一切手を付けなかったと、私を責め立てるつもり？　赤の姫は呂国を侮辱したと、仙皇帝陛下に泣きついて同情を買うつもり？」

ええええ？　どうしてそんな解釈に！

「いや、そんなつもりじゃなくて」

「失礼いたしますわっ！」

スカーレット様はぎっと私をにらんでから踵《きびす》を返した。

「ち、違うんです、私が悪かったんです。あの、ごめんなさい、えっと、あーっと、私が、私が悪かったので、明日お詫びをしに伺いますっ！」

食堂の出口で立ち止まり、スカーレット様が振り返る。

「どこまでも嫌な人ね。詫びを受け入れなければ、私が狭量で怒りっぽい姫だと蔑むつもり？それとも、何度もお詫びに伺っても会ってすらもらえないと、仙皇帝陛下に書状でも送るつもりかしら？」

へぇぇぇ？　いや、いや。

目を細めてみれば、スカーレット様の顔は怒りに満ちている。

「そんなつもりでは……」

スカーレット様がふっと鼻で笑った。

「そんなつもりではないも、常套句《じょうとうく》よね。まるで私のほうが加害者のように仕立て上げ泣きだすのよ。そして、そんなつもりではなかったという言葉とともに、嫌がらせを繰り返す……。後宮とはそういうところというのは嫌というほど知っています」

どうして、こうなったぁ！　私、何を間違えたの？

「あの、本当にそんなつもりはなくて……」

「どうだか。とにかく、あなたの非礼は許します。ええ、もう許しました」

再び前を向いて歩きだしてしまった。

どうしよう。わけがわからないけれど誤解されてしまったのは確かだ。

誤解されて、仲良くなるどころか……仲が悪くなってしまった……。三人しか姫がいないのに……。できれば全員と仲良くなりたいのに！　姫の侍女になって仙皇帝宮で働いて、地下の巨大書庫に住む夢が遠のいていく……。

諦めちゃだめだ。本にも書いてあった。諦めたらそこで終わりですって。

「明日、お昼から遊びに行くから！　えっと、おやつの時間、えっと、二時過ぎに行くね！　行くからね！」

スカーレット様は振り返りもせずにそのまま帰っていった。

「鈴華様……その、赤の宮の侍女にはきちんと説明しておきますから……。黒ゴマ団子は嫌がらせの意図は全くなく、本当に美味しい物を食べてもらいたいという気持ちで鈴華様が用意しようとしていたと……」

苗子が顔を青くしている。

「ありがとう。お願いするわね。でも、やっぱり私が直接会ってちゃんとスカーレット様と話がしたい。そもそも私が考えなしだったのよね。いくら美味しいからって黒い食べ物はだめだっていうのがすっかり抜けてた。今度はちゃんと食べやすい色の……赤がいいかしらね？　赤くて美味しい食べ物……うーんと、何があったかしら？　……あ！　そうだ！　イチゴ大福！　あ、だめだ。よく考えるとあんこが黒い。んー、あれも美味しいんだけどなぁ。イチゴの酸味とあんこの甘さ。それからそれらを包み込むもちもち。あ、そうだ、白あんで作れば……。いや、そもそも材料が手に入るのかな？」

頭に思い浮かんだことをぶつぶつとつぶやいていたようで、料理人二人が私の言葉を聞き取ろうと必死に耳をこちらに向けていた。

「仙山では大抵の物は手に入ると思います」

「私たちが必ず美味しく作り上げて見せますからっ」

と、こぶしを握り締めている。

「毒見なら、いつでもお任せください」

と、苗子が笑う。

「失礼ね、毒なんて入れないってば」

ぷぅっと膨れると、苗子がてへっと言わんばかりに舌を出した。

「毒見と称して食べることは失敗ですか」

「ふふ、大丈夫よ、みんなの分も作ってもらうから。スカーレット様のところへ伺うのが二時だから、午前中に一回試作してもらって、みんなで午前のおやつとして食べましょう。午後からは贈答用に作ってもらう。二回作業してもらうけれど大丈夫かしら？」

料理人に尋ねると、もちろんですと胸を叩いた。

「じゃぁ、材料は、白いんげん豆、それから……」

慌ててメモを探す料理人たち。あ、これ、前にもやったわ。

「後で書いて渡します。まずは黒ゴマ団子、手の空いている者から食べてもらいましょう」

使用人たちが美味しそうに黒ゴマ団子を食べる様子を見る。

料理人たちは作っているのを見ていたため、色はさておき材料に不審な物がないのを知っていたからかすんなり口にした。他の使用人はあまりの黒いつややかさにひいていた。うん、黒の宮に長年勤めている下働きの人でさえ、黒い食べ物の免疫がそんなにないのかあ。そりゃスカーレット様は嫌がらせだと思うよね。

「私、幸せです……こんなに美味しい物が食べられるなんて……」

楓ちゃんのお母さんが目に涙を浮かべた。

「そうですね。黒の宮の姫様たちは権力争いに興味がなくてぎすぎすした感じがなくて働きやすいだけでなく……このような美味しい物をいただけるなんて……」

同じように二十年近く勤めているという下働きの女性が頷いている。

そうだねぇ。呂国は仙皇帝妃に興味ないから。妹もバカンス気分だったみたいだし。

ぽろぽろと今は床磨きの仕事をしているらしい侍女の一人が涙を落とす。

「一度は辞めなさいと言われた私たちにもこうして、同じように美味しい物をくださる……」

いや、ごめんって。「辞めてもいいよ」は親切のつもりだったんだよ……。

「わ、私……本当は、黒の宮の侍女になりたくなかったんですっ」

あ。知ってる。

「今は、黒の宮の侍女になりたいですっ！」

ん？　もう侍女でしょ？　別の仕事させられてるから？　侍女という実感がない？

「鈴華様のような方に仙皇帝妃になっていただきたいですっ！」

は？　いやいや、ならない、なりたくない、なるつもりはない。てか、なれないでしょ。

「私、鈴華様を仙皇帝妃にするために、鈴華様の侍女として働きたいですっ！」

えー、いや、あー……。必死な姿に胸が詰まる。

「侍女の仕事に復帰してもいいけれど……」

仙皇帝妃は目指さないよ……。むしろ、他の姫を仙皇帝妃にするためにはどうすればいいのかと……。

ちらりと苗子を見る。丸投げどんっ。後は頼んだよ、苗子！

「鈴華様っどちらへ⁉」

「そりゃもちろん、図書室っ！」

運ばれてきた本をさっそく読まなくちゃっ！

黒ゴマ団子が山と積まれた皿を一つ持って図書室へと向かう。

あ、図書室は、私の部屋の隣の部屋。本を並べる棚を並べて、運ばれてくる本を置いて図書室になる予定で……。

「おう、それなんだ？」

「レンジュ、ずいぶん頑張って運んでくれているのね！」

部屋にはすでに本の山が二十ほどできている。

残念ながらまだ棚の設置が終わっていないため、布を敷いた床に二十のタワーが積みあがっている状態だ。

「だから、お前の持ってる、真っ黒なそれなんだ？」

「ああー、どの本から読もうかなぁ。嬉しいっ」

読んだことない本たちがいっぱい。

「皿に乗ってるってことは、食べ物か？　それにしてはいくらなんでも黒すぎるよな。まるでオニキスみたいだが……」

「そうだ！　仲良くなろうと思ったらその国のことよく知らないといけないよね。朱国の歴史の本から読もうかな」

歴史だけじゃなくて、朱国関係の文化やその他いろいろ、朱国の本をまず読もう。うん、それがいい。あと、他に朱国の本はどこにあるかな？

「って、おい、話を聞いてるのか？」

「本は千冊貸してもらえるんだったよね。今ここにあるのは三百冊くらいかな？」

朱国関係の本を優先して運んでもらおうかな？　レンジュにリクエストすればいいのかな？

「話を聞いてないなら、抱きしめてキスするぞ」

レンジュに頼もうと振り返る。

「っ！」

な、何？

突然レンジュの大きな体に包まれたかと思ったら、レンジュの唇が頬にあたる。

え？

えええ？　これ、ちょっと、何？

頬に練りごまでもついてた？　って、違う、絶対そんなんじゃないよね……。

「これで、俺の話を聞く気になったか？」

唇を離したレンジュがにやりと笑っている。

「い、今の、まさか……」

本で読んだことはある。

わなわなと震える。本に書いてあったことは、嘘だと思っていたけど本当だったんだ……。

「何、震えてるんだよ？　怒るなよ。責任を取って嫁にするから問題ないだろ？」

びしぃっと、皿を持っていない手を突き出す。

「本で読んだわ！　レンジュは碧国の人でしょうっ！　碧国《へきこく》の人は挨拶でキスをするって書いてあったものっ！　髪も瞳も茶色いからどの国出身かわかりにくかったけれど、これではっきりしたわ！」

どや顔をレンジュに向ける。

「は？」

「びっくりした？　ふふふ。本を読んでいれば、遠く離れた国の風習も知ることができるのよっ！」

まぁ、私もびっくりしたわ。

本を読んでいなかったら、キスされた！　と、いい年して乙女みたいに叫び出すところだった。いらぬ恥をかかずに済んで良かった。

私にキスしたいなんて思う人がいるわけないもんね。でも、挨拶なら私相手でも問題なくできると思う。

「ぶっ、ははは っ、面白いな、いや、いや、ははははっ。」

レンジュが腹を抱えて笑い出した。

「お前にとって、キスは挨拶程度のことなのか、じゃぁ、もう一回挨拶しようか?」

レンジュの顔が近づく。

「ちがっ」

挨拶なのは、碧国出身のレンジュでしょっ!

「むむっ」

慌てて串にささった団子をレンジュの口に押し込む。

「な、なんじゃこりゃ……甘くて……うまいな」

ふぅー。セーフセーフ。いくら相手は男性でなくても、挨拶のつもりでも、こっちは精神的に何かがすり減る。

「でしょ? 見た目は黒くて、びっくりするかもしれないけど、美味しいでしょ?」

呂国の食べ物を褒められると嬉しい。

「ああ、うまいな。これは胡麻か?」

「そう。黒ゴマ。すりつぶして、そのまますり続けていると油が出てきて、つやが出てくるの。かなり長い時間すりつぶさないといけないから、重労働だし、貴重な黒糖を使うから特別な日に食べるお菓子なのよ」

レンジュがニヤッと笑った。

「ちょうどいいな。今日は特別な日だ」

レンジュが私の持っていた黒ゴマ団子の載った皿をひょいっと持ち上げた。

「え？　特別？」

「俺と、お前のキス記念日」

は？　は？　はぁ〜？

「な、何言ってるのっ、挨拶でしょ、ただのっ！　っていうか、全然特別じゃないし、返して！　レンジュにはもうあげないんだから、返してっ！」

皿を取り返そうと手を伸ばしたら、ひょいっと高く上げられてしまった。

身長差がありすぎて全然届かないっ！

「冗談だよ。これはマオと食べるな。本のお礼だっつっとくよ」

あ！　レンジュは初めからマオと食べようと……。

「マオに本ありがとうって、それから、もっと食べたかったら言ってねって伝えてくれる？　あ、あと、明日はまた別のお菓子作るから、もらってね！」

レンジュがこちらを振り向かずに手を振った。

「了解。明日も食べにくるよ」

「違う、レンジュじゃなくて、マオにあげるって言ってるのっ」

レンジュの肩が揺れてる。あれは、また笑ってるな……。

まぁでも、レンジュの分も用意するけど。重たい本を運んでくれてるんだもん。

さぁ、読書しよう。読書、読書。図書室に戻り、二十ほどの山を見て回る。本の山をチェック。

まずは朱国に関係のありそうな本をピックアップ。

「あった、あった！」

四冊見つけた。うふふ。楽しみ。久しぶりの読書！

お茶も用意してから自室で読みふけるか……それとも、この本たちに囲まれて読もうか。

「あ！　見つけました！　鈴華様！」

へ？　見つけた？　苗子が湯あみ係四人を従えてやって来た。

「さぁ、美容のお時間です」

え？　いや、だって、本、本を……！

「鈴華様がおっしゃったんですよね？　週の半分は仕事を教えてほしくて、半分は磨いてもらうと」

言った。確かに言った。

「鈴華様は、スケジュールまで指示されなかったと記憶しておりますが？」

苗子がにっと笑う。口は笑っているけれど、目は笑ってない。う、怖い。

そういえば昨日の儀式で、指示をするときは細かくと言われたばかりだ。どうしても譲れないことはきちんと伝えろと。伝えなかったことで思うことと違っても文句を言うなと。

「さぁ、行ってらっしゃいませ」

苗子が背中を押す。

本、私、本が読みたいのっ！　ねぇ、苗子、ちょっとだけ、二ページくらい読んだらすぐに行くからっ！　え？　あ、だめ？　なんか、あと一ページ、あと一ページとか言い出しそうって？

あ、はい。そうですね。多分読み始めたら途中でやめる自信はありません。

って、本っーーーっ！

◆◆　◆◆　◆◆　◆◆

ううう、うう。午前中が飛びました。

サウナから始まり、あかすり、湯船につかって、体を洗って、頭を洗って、オイルマッサージして……それから、なんかいっぱい塗りたくられて……仕事を覚えようと、途中まではしっかり起きていたけれど……。じっと寝転んでいるだけだと、どうしても眠くなって……ぐぅー。

「苗子、なんであんなに時間かかるの？　他の姫は毎日あれに耐えてるの？」

「耐える？」

苗子がちょっと困った顔を見せる。

「後宮では、他にすることも少ないですし……一番美しい姿で仙皇帝陛下をお迎えするのは、姫様たちの責務だからじゃないでしょうか？」

「あ、なるほど。仕事かぁ……仕事……。本にも書いてあったね。働かざる者食うべからずって。そっか、あれ、仕事なんだ……なら、仕方がないかなぁ……」

私の髪を柘植《つげ》の櫛《くし》で何度も何度もといていた湯あみ係の一人が心配そうに尋ねてきた。

「あの、そんなに私たちは下手でしたでしょうか。耐えなければいけないほど……。仕事だと割り切らないと我慢できないような……」

「ああ、違うの。ごめん。思わず寝ちゃうくらい気持ちは良かったんだけど、えーっと、時間がもったいないなぁと思って。他にやりたいことがあるのに……と、思うと、ちょっと」

本を読んだり、読書をしたり、書物に触れたり、文字を目で追ったりしたいのっ！

「だいたい、私なんてどんなに磨いたってしれてるでしょ？　せっかくこんなに丁寧にしてもらってもね……」

同意を求めるように苗子に視線を向ける。

「何をおっしゃいますやら。もうすでに見違えるようですよ？」

と、苗子が私の髪を手に取った。

「へ？　あれ？　これ、私の髪？　すごい。なんか、すごいつやつや」

柘植の櫛で丁寧にブラッシングをすると髪につやが出るとかいうけれど、本当だったんだ。

「そっかぁ、黒ゴマも、丁寧に時間をかけてすりつぶすとつやが出るもんね。髪もおんなじなんだねぇ。本で読んで知ってはいたけれど、こうして本当につやが出るのを見ると、感動するね。

ありがとう」

ブラッシングしてくれている湯あみ係にお礼を言う。

「あ、は、はいっ。あの、美容のことなら任せてくださいっ！」

ほっぺたを赤くして照れる湯あみ係。

うん、私もそういうプロフェッショナルにならなくちゃ。スカーレット様と仲良くなっても仙皇帝宮に連れて行ってもらえないと困る。

「黒ゴマ団子と、髪を同列に語る姫様は……ぷぷっ、初めてですよ。くすくす」

苗子が笑い出した。

つやが出るって点で同じだから、同列に語るのおかしくないよね？

丁寧に丁寧にといてつやつやになった髪を、別の湯あみ係が編み込んでいく。後ろの髪は流れるように。サイドの髪は複雑な三つ編みにして頭にお団子にして止めた。前髪も、サイドの髪と一緒にまとめられてしまったっ！

「まって、まって、前髪がないと、困る、困るっ」

わたわたとする私の肩を苗子がぽんと叩く。

「御覧ください、鈴華様、せっかく美しく装ったというのに、隠すのはもったいないですわ」

と、鏡を指し示す。距離的に……見えないですよ。自分の顔。視力悪いので。

うーんと目を細めて鏡に映った顔を確かめようとする。

「うっ、その顔は……おほんっ」

苗子が慌てて咳ばらいをして、頭に小さな帽子のような物を載せた。ピンでとめると、帽子についていた薄手の黒い布を垂らす。

鏡に映った私の姿は、その薄手の布で顔の上半分が隠されている。

けれど、内側から明るい場所を見ればちゃんと透けて見える。前髪を垂らしていたときよりも視界はいいし、額から距離がある分、暑くても汗で張り付くこともなさそうだ。

これで心置きなく目を細めて物を見ることができる。それに、布を上にあげれば、すぐに顔を出すこともできる。前髪だと、整えたりなんだとめんどくさいこともある。

「ありがとう、苗子。気に入ったわ！」

布を上げて、苗子に顔を向けてにこっと笑う。

「うっ、鈴華様、布を上げているときは常にその表情でお願いします」

うって何。うって。いつも笑っていなさいということ？　そんなに目を細めた顔は怖い？

「化粧映えする顔って、こういうことを言うのね……。あなたたち、グッジョブよ！」

苗子が何か湯あみ係に指を立てている。

「ありがとうございますっ！　でも、鈴華様の素材が素晴らしかったからこそ」

素材？

「これならワンチャン」

「他の姫に引けをとらない」

など、何やら湯あみ係が浮足立って話をしている。

お昼ご飯……は、まずくはない。

でも、手を動かして食べ物を口の近くに持ってくるたびにバラの香り。入浴後体中に塗られたオイルのせいだ。料理の香りが楽しめない……。泣。

「鈴華様、午後は何をなさいますか？」

苗子がわかり切ったことを聞いてきた。

「読書！」

ああ、違うか。呂国では時間があればすることは読書か、本を読んで知ったことを試してみるかのどちらかだったけれど。知らないんだよね。まだ、苗子は、私のこと。

「読書でございますか？　残念ながら、まだ図書室は棚も入れてありませんし、本も並べ終わってませんので使うことはできないかと」

「図書室じゃなくても読書はどこでもできるから大丈夫よ」

苗子があまりいい顔をしない。

「お部屋のお掃除をさせていただきたいので、部屋でも難しいかと」

えー、何それ。

「サロンであれば、すでに午前中に部屋を整えてあるはずですので」

「苗子さん、図書室に運び入れる棚の組み立てのためにサロンは……」

「ああ、そうでした。サロンも今は使えないのでしたね。とすると……」

……ぐすっ。誰の邪魔にもならないように、廊下の片隅でもいいんだよぉ。本が読みたいんだ。

「えーっと、午後は特に予定がありませんから、皆さんはご自由に過ごしてください。えっと」

具体的な指示だよね。

「五段くらいの軽くて丈夫な梯子《はしご》を準備していただけるかしら？」

梯子というだけではだめなんだよね。

「梯子、ですか？」

怪訝《けげん》な目を向けられる。

「ほ、ほら、本棚の高い位置の本の題名も見やすいように、私、目が悪いでしょう？」

「ああ、そうですね。……梯子なら、食糧庫に、高い棚に置かれた物を取るためにいくつかあったかと思いますので、後ほど」

苗子の言葉が終わらないうちに、踵を返す。

「いくつかあるなら使いやすいの自分で選んでくるね！　私のことは構わなくても平気だから。えーっと、頼むことがあればちゃんと頼みます。今は特に何もないので、庭とか後宮の中をいろいろ楽しみます」

取っ捕まらないうちに、食糧庫に入り、軽くて丈夫で使いやそうな梯子、いや、脚立《きゃたつ》を手に入れる。

それから、図書室でさっき見つけた四冊の朱国に関する本を手に取る。

お、本の山が五十くらいに増えてる。やった。レンジュがコツコツ運んでくれてるんだ。

後でまたどんな本が運ばれたのか見てみようっと。

脚立を肩に担いで、反対の手に本を持って、ふふふふーんと鼻歌を歌いながら中庭に出る。

実は、ちょっとうらやましかったんだよね。

クスノキに向かって一直線。マオが腰かけていた枝。気持ち良さそうだった。

不思議な形の枝で、人をしっかり支えて落とさないよう作ってあるようで他の枝に比べて横に平べったくなっていて……。

木に包まれるようにして柔らかな光と気持ちの良い風を受けながら読書したら最高じゃない。

ふふふ。見上げればマオの姿はない。よし。

脚立を設置……。本を三冊ハンカチの上に置いて、一番小さな本を一冊懐に入れて脚立を上る。

……た、高いっ。

見上げたときと全く違う高さに感じる。ちょっと震える手足で枝まで登りきる。

「うわー、すごい快適っ！」

幹にもたれ、両足を伸ばして座る。少しも落っこちそうな不安感がない。くぼんでいるところに体が包まれる感じだ。すごい。これはいい。

思った通り、木の匂い、葉っぱが揺れて微かに立てる音、木漏れ日が柔らかく降り注いで、気持ちいい。特等席だ。

本を開く。

えーっと、何々？　朱国の成り立ち。神話の時代から書かれているわけねぇ。

初代の仙皇帝陛下の流した血が朱国を作った……。

血かよっ！　呂国は初代の仙皇帝陛下の絶望が生み出したとか言われてるけどね……。

一方、金国は、仙皇帝の希望が作り出したとか、珊国《さんこく》のピンク色は、仙皇帝が恋をしたときにできたとかだっけ？　……。

ふふふ、本当に、誰が作った話なのか。赤は血の色とか単純だよね。むしろ、血が赤くない生き物もいることを知らないのかな？　仙皇帝陛下が人と違う高貴なお方なら、血も光り輝く色をしてる可能性だってあるじゃない？

他の国が、希望だの恋だの絶望だのと感情なら、赤も情熱がとか統一したほうがいいよね。ほんとに。まだ知らないけど、こうなってくると蒼国《そうこく》とか、初代仙皇帝陛下の流した涙がとか言いそうね。

で、続き続き。

え？　朱国は仙皇帝の血が流れている、仙皇帝の子供のような存在で、高貴であるって続くのか……。ああ、だから血ね。悪い意味じゃないのか。そうか。

ガサガサッと周りの枝が揺れて、葉っぱが落ちる。

「え？　何⁉」

風が強くなってきたのだろうか。読書に集中して気が付かなかった。

「あぶなっ！」

ドンッと何かが横からぶつかり、木の枝から落ちそうになったところを、細いけど力強い腕に支えられて落ちるのを免れる。

「だ、大丈夫か……」

焦った声。

「お前は何者だ、どうしてここにいる」

「マオ、ごめんね、マオがうらやましくて」

しっかりと木の枝の上、半分抱きしめられるように支えられて、ほっとして声の主……マオの顔を見る。

「え？　鈴……華？」

マオがびっくりしている。もしかして、髪がつやつやで別人かと思った？

「なんで、こんな臭い匂い……」

臭い？　マオがぼそりとつぶやいて慌てて口を閉じた。

「あ、いや、違うんだ、その……」

女性に向かって臭いはないよねぇ。まぁ……でも。

「だよねー。臭いよね。これ、ほんのかすかに香るならいいけど、全身にまんべんなくきつい匂いを塗りこまれてね、もう鼻が馬鹿になっちゃって、忘れてたけど、今の私臭いよねぇ」

へへっと笑う。

「あ……ごめん、本当に。その。口に出して言うことじゃなかった。なんか、急に他の姫と同じ匂いをさせてるから……びっくりして」

他の姫と同じかぁ……。やっぱりみんなバラの香油まみれにされてるのか。

「でも、どうして急に香油を使ったの？　臭いと思ってるのに……」

マオの言葉に首をかしげる。

「後宮にいる女性のたしなみ？　よくわからないけれど、湯あみ係のなすがまま……」

マオが不思議な顔をする。

「なすがまま？　鈴華が嫌なら断ればいいんじゃない？」

うーんと首をひねる。

「なんていうか、仕事だと思って諦めたというか……」

「仕事？」

「よくわからないけど、仙皇帝陛下のために自分を磨くのが後宮にいる姫の仕事……？」

マオの両手が私の背中に回る。

「仙皇帝妃を目指すことにしたの？　それは、僕は……期待してもいいの？」

抱きしめられてる？　なんで？　別にこんなにぎゅーっとしなくても枝から落っこちたりしないと思うけど。それに期待ってなんだろう？

「ううん、むしろ他の姫が仙皇帝妃になるにはどうすればいいのかって考えてる。三十年も姿を見た人がいないっていうのは本当なのかなぁ。できれば私が後宮にいる間に誰かを妃にしてくれるといいんだけど……」

ぎゅっとマオの手の力が強くなる。

ちょっと痛いくらいだ。どうしたんだろう？　不安？　怒り？　いや、私の話にそんな要素ないよね？

「どうして、鈴華は仙皇帝妃を目指さないの？　なぜ？」

なぜって、むしろ目指す人はなんで目指そうとしてるんだろう。

……あ、思い出した。仙皇帝陛下の寵愛を受けられると国が栄えるって話があったんだ。

国のために他の姫は仙皇帝妃を目指してるのかな。

と、なんと返答しようか考えていたら、マオの顔ががくんと伏せられ、私の肩の上に乗った。

「……レンジュと、キスするような関係だから？」

は？　レンジュと、キス？

「あーーっ！　思い出した！　そうなの！　レンジュったら、いくらレンジュの出身国ではキスは挨拶代わりだって言っても、呂国の私には刺激が強いっていうのにっ！　まったく、気遣《きづか》いのできない男……いや、宦官よね！　っていうか、むしろ挨拶ごときであたふたしてる私を見て楽しんでるんだわ！　だって、めちゃくちゃ笑ってたもの！」

マオの肩をつかんで体を離し、賛同してもらうために、マオに訴える。

「挨拶？」

「本で読んだから知ってるのよ。碧国では、キスも抱擁も挨拶だって。レンジュ、目も髪も茶色いから何国出身かわからなかったけど、碧国だってのは、あれでピンと来たわ！」

と主張すると、マオが小さな声で「挨拶……」とつぶやいた。

その、小さなつぶやきを漏らしたサクランボのような唇が、私の頬に触れた。

え？　なぜ、こうなった！

マオが私のほっぺにチューしてます。えっと、えーっと……。

「レンジュと僕は兄弟だからね」

あー！　ああ！　そうか！

マオは髪が黒いからうっかり……そうだ、兄弟ってことはそういうことだ。じゃなーい！

「マオ……」

私の話聞いた？　呂国出身の私には刺激が強いって！

と、文句を言おうと思ったら、再び唇が落ちる。今度は額に。チュッって、音！　いや、本に描写されてるあれ、本当に音がするんだ。

とか、新しい発見があってちょっと楽しいって、違う、そうじゃないのっ！

「マオって」

すぐに離れた唇が再び迫る。ひぎゃーっ！　三回目！　今度は逆の頬！

逃げようにも、枝の上だし、落ちたらただではすまない。

「会うの三回目だよね。今まで挨拶忘れてた分」

は？　そんなルールってあるの？　本には書いてなかったけど……？　それにレンジュはそれはなかったと思うけど……？　って違う、言わなきゃ！

「マオ、だから、呂国では一般的じゃないから、困る」

マオが首をかしげた。

「嫌？」

顔が赤くなる。

嫌じゃ、ない。明らかに嫌ならば、木から落下することになっても抵抗して拒否することもできた。レンジュにも怒って二度と顔を出すなと言うこともできた。

恥ずかしいし、照れるし、戸惑うし、ちょっとドキドキするし、なんか、えっと……。好きか嫌いかと聞かれれば、嫌いではない。かといって、碧国式挨拶が好きだというわけでもない。

うううう。

「こ、困る……」

答えようがなくて、同じ言葉を繰り返す。

「ごめんね……困らせるつもりじゃなかったんだ」

マオがしゅんっと落ち込んだ。

「あの、嫌いにならないで……」

上目遣いで不安げに私を見るマオ。

マオの瞳は、木陰になっていても金色で綺麗だ。

「マオの目は本当に綺麗ね……」

マオに笑いかけた。

「私ね、視力が悪いからあまり人の顔がはっきり見えないんだけど、本に書いてあったの。目が澄んで綺麗なら大丈夫だって。悪い人、悪いことを考えている人、それから病気の人は、目に出るんだって」

マオは私が何を言おうとしているのかわからなくて首をかしげた。

「だからね、マオの目は綺麗だから、マオはきっと心も綺麗なんだと思うんだ。悪気はなかったんだよね。だから、嫌いにならないよ」

マオが嬉しそうに笑った。

「じゃぁ、鈴華も心が綺麗なんだ」

へ？

「とっても綺麗な目をしてる……」

「ふふ、褒めてくれてありがとう。視力は悪いけどね」

「目だけじゃないよ……鈴華は全部綺麗……」

うー、顔が赤くなる。

何言ってるのっ！

にこっと特別に美しい顔をしたマオが微笑んだ。綺麗なのはマオのほうだよっ！

「そ、そうだよね、えっと、髪の毛、自分でもこんなに綺麗な髪になるとは、びっくりしたもの。黒くてつやつやで、綺麗だよね。黒ゴマ団子もつやつやで綺麗だけど負けてないよね」

マオがぷっと噴き出した。

「なんで、そこで黒ゴマ団子が出てくるの？　鈴華は面白いね」

「あ、いや、でもね、髪も繰り返し繰り返し丁寧にとくと艶が出てきて、黒ゴマ団子も繰り返し繰り返し胡麻をすると艶が出るから、同じ……みたいな？　あ、黒ゴマ団子を見たことないんだっけ？」

マオは楽しそうに笑ったままだ。

「黒ゴマ団子、美味しかったよ。レンジュが持ってきてくれた。あんなに真っ黒な食べ物は生まれて初めて見たよ。見た目も楽しかったけれど、最高に美味しかった。ありがとう」

ああ、レンジュはやっぱり弟のマオにも持っていってあげたんだ。なんだかんだと弟思いの優しいお兄さんだよねぇ。

「鈴華も美味しかった」

マオが人差し指で私の頬をさす。

私も美味しい？　ああ、私の感想が聞きたいのかな？

「あ、うん、もちろん、私もゴマ団子は美味しかったよ。というか、まずいと思っていたら作らないから」

「そういう意味じゃないんだけど……まぁいいや。またお願いね」

そういう意味じゃない？

「うん、また作ったらレンジュとマオにもあげるね」

マオがちょっと首をかしげる。

「まぁ、今は……いいか」

何が？　時々会話が明後日のほうに行ってませんか？

「そうだ！　マオ、ありがとう！　本が届いたの！」

先ほどから手に持ったまま存在感を失っていた読みかけの本をマオに見せる。

「仙皇帝陛下に頼んでくれたんだよね？　まさか、こんなに早く本が届けられるなんて思ってなくて、本当にありがとう、マオ！」

「大したことないよ……。むしろ、一ヶ月に一度千冊の本の入れ替えをするのに、レンジュが本を運ぶのが大変だと愚痴ってた」

ああ、そうか。仙皇帝宮の地下書庫と後宮を行き来できるのは、黒の宮の担当らしき宦官のレンジュだけだもんね。

……ごめん、レンジュ。後でちゃんともっとお礼をしないと。

「レンジュは何をもらうと嬉しいと思う？」

食べ物以外の案は思い浮かばないのでマオに聞いてみる。

「プレゼントを渡すの？」

マオが嫌そうな顔をする。

「プレゼントじゃなくて、お礼。……お礼といえば、仙皇帝陛下にも何か渡したほうがいいかな？……といっても、何が好きで何が嫌いかもわからないし……仙皇帝陛下ならなんでも手に入るだろうからなぁ……」

うーんと頭を悩ませると、マオがぼそりとつぶやく。

「好きなのは面白いこと。嫌いなものは強い匂い」

「ん？　それって、レンジュのこと？　それとも仙皇帝陛下？　あ、もしかしてマオのことかな？　マオ、この匂い臭いって言ったし」

マオがふっと息を吐く。

「みんな。あんまりその匂いを好きな人はいないよ。なんで、揃いも揃って姫たちは臭くなるんだろうね？　まぁ、遠くからでも匂うから、近づいて来るのがわかって便利だけど。匂いがしたら姿を隠せば遭遇することもないから」

ああ、レンジュにしろマオにしろ、宦官の人ってあまり人目につかないように行動する義務があるのかな？　天井裏に隠れてたり、木の陰に隠れたりとかしてるもんね。仕える姫以外に姿を見せてはだめとか？

姿を見なくても匂いでわかるか……。まさか仙皇帝陛下も、三十年姿を見せないのって、匂いがしたら隠れてるからだったりして？　それとも仙皇帝宮から一歩も外に出てないのかな？

「鈴華様～、どちらにいらっしゃいますか？　鈴華さまぁ～」

苗子の声。

「え？　脚立がどうしてここに？　そういえば、鈴華様は梯子がどうとか……」

やばいっ！　脚立が見つかった。このまま苗子が上を見上げれば、私と一緒にいるマオが見つかっちゃう。ん？　見つかってもいいのかな？　レンジュと苗子は親しそうだし。

と、振り返るとマオはすでに姿を消していた。どこに行ったんだろう？　素早い。

さっさと下りよう。脚立に手足を伸ばして下りていくと、真下にやって来た苗子が上を見上げて悲鳴を上げる。

「鈴華様っ！　危ないですっ！　おやめくださいっ！　それに、裳《も》の中が丸見えですっ！」

真下にいればそりゃあねぇ。丸見えだよね。でも下は単衣じゃなくて袍だから足も見えないでしょ？

苗子が頭を押さえて下を向いた。

「せっかく、他の姫様にも引けを取らないほど髪も顔も整えて美しくなったのに……まさか、木に登るとは……」

あきれた？　怒った？　ごめん……。

「ふふふっ、本当に、鈴華様は面白いですね。今まで会った姫の中で一番、面白いですっ。ふふふははは」

あ、笑ってくれた。

「あのね苗子、木の上で読書ってなんか気持ち良さそうだったから……。でも、もうしないわ」

「え？　なぜですか？　安全さえ確保できるのであれば止めはしませんよ。安全確保のために、今度木登りがしたくなったらレンジュをそばに置いてください」

「止めないんだ。苗子も変わった侍女よね？　ふふふ。でもそういうところ好き」

「ありがとうございます」

苗子が嬉しそうに笑う。

「でも、もうしないわ。だって、次の本が読みたくなったときにいちいち下に下りて取りに行くのもめんどくさそうだし、一度にたくさん本を持って登れないもの。やっぱり、手を伸ばせば次の本が取れる場所で読書をするのが一番ってわかったから」

私の言葉に苗子が再び声をあげて笑った。

「読書のために木に登って、読書のために木に登るのを止《や》める決断をするんですね。鈴華様の行動基準は読書第一なんですねぇ。ふふふ、ふふふ」

はい。そうです。だんだん私という人間をわかってきましたね、苗子。

「で、どうしたの？」

「材料が揃ったようです」

ああ、そういえば明日持っていくお菓子の材料を頼んでおいたんだ。

「足りない物があるといけませんので確認をお願いします」

調理場には丸々としたインゲン豆やつやつやの苺が並んでいて思わずにやける。

「明日のお菓子も楽しみ。ふふふ」

なんだか、こんなに好きな物ばかり食べる生活でいいのかな？　太りそうだよ？

「そうですわね、とても楽しみです」

苗子が私以上に楽しみだって顔してる。

苗子は背が高くて細いから……ちょっとは太ったほうがいいよね。

「苗子は、やせた男の人みたいに細いから、いっぱい食べて太ってね」

と言うと、苗子がぎくりと体をこわばらせた。

「お、男の人……みたい？」

あー。いや、口が滑った？

「ご、ごめん、違うの、その、女として魅力がないとか、胸もペタンコだとかそういう意味でなくて、ほら、なんかやせた男の人って、関節が出て全体的に同じペースで細いイメージでむしろ健康的というか……女性で細いと、どこか不健康に見える人もいるから、えっと、えーっと」

料理人があーあと手で顔を抑えている。

「女として魅力がな……い……って、言ってますよ……」

「胸もペタンコだとか言ってますよ……」

と、小さなつぶやきが聞こえてきた。ひぃーっ、まさか、まさか、言い訳しようとして裏目に。

「苗子、違う、違う、ああ、違う、ごめんなさいっ」

どうしようと焦って苗子の顔を見ると、意外にも苗子はにっこり笑っていた。

「そういう意味でしたか。私が男に見えるという、女には見えないという話じゃないんですね？あくまでも、女としてはという意味なんですね？」

「当たり前よ。男と女の見分けくらい、目が悪くたってできるわ！」

と胸を張った。見分けるポイントは、えーっと……服装と声。苗子は女の服着てるし、声も女性にしては低めだけど、決して男性のような地の底に響くような声はしてない。

「ただ、男と宦官を見分けるのは大変ね。レンジュなんて男にしか見えないし……」

苗子がほっと息を吐きだす。

「ええ、まぁ、そうですね。レンジュのように男にしか見えないのが宦官ですよね」

ん？　そうなの？　女に見える宦官はいないの？　もともと男だから、見た目は男のままって
ことかな？　でも、女の人みたいに綺麗な男の人もいるよね？　マオなんて綺麗な顔してるから、
女の恰好させたらすごい美人になると思うんだ。でも、宦官は、女の恰好はしないのかな？

うーん。宦官について私は知らなさすぎるよね。

苗子が笑いながら言葉を続ける。

「身長が高い分、やせて見えるのかもしれませんね。ですが、正直女性として魅力的な体ではないので、湯あみ係の練習には絶対にお付き合いできませんので」

ああそういえば、青ざめて、湯あみ係でローテーションしなさいって言われたわ……。

「まさか、無理やり私に恥をかかせようと思ったりしてませんよね？」

う、うう。ごめんなしゃい。素直に頷く。苗子に嫌われたくない。

◆◆　◆◆　◆◆　◆◆

調理場を出て、図書室に向かう。

「おおすごい！　すごい！」

どんどんと作業が進んでいる。本棚が組み立てられ、三つ並べられている。他の本棚は楓と庭師が組み立てている途中のようだ。

「ああ、鈴華様、届いた本ですけど、どのように並べていけばよろしいですか？」

楓が私に気が付いてにこっと笑っている。

「えーっと、どのように……か」

本を見回す。大きさ別か、太さ別か、ジャンル別にするには内容が確認しないとわからないものもあるだろう。作者別は難しそうだ。題名のあいうえお順？

と、背表紙を眺めながら考えていると、呂国で見ていた本にはないマークが背表紙についていることに気が付いた。

「これ、なんだろう？」

花びらのようなマーク。印鑑かな。まったく同じマークが背表紙に並んでいる。

「あ、種類がある」

どうやら印鑑には何種類かあるみたいだ。何種類あるのかな？

「ねぇ、楓、このマークごとに分けて並べてもらっていい？　えっと、マークに分けて、あとは題名を五十音順で」

「はい。わかりました」

楓が頷き、すぐに実行し始めた。私も手伝う。

……てなわけで、あっという間に就寝時間になりました。本の整頓、幸せな時間だった。ふふふ。

でも、おかしい……ほとんど本を読む時間がなかった。だけど、大丈夫。まだ今日は終わってない！ ベッドの中に入って、がさがさと本を枕の下から取り出……せない！

ええ？ 慌ててベッドの上に起き上がって、枕を持ち上げる。

ない！ 寝る前に読もうとして枕の下に置いておいた本が！ 布団をめくってもない。

ない！ ない！ ない！ ど、どういうことなの？

ううう、ううう。諦めて枕をもとに戻すと、かさりと音がした。枕カバーの中に紙？

取り出して読む。

「寝る前の読書は、睡眠時間を削り肌や体調に悪いばかりでなく、薄暗い灯りでは目もさらに悪くなってしまいます。おやめくださるようお願いいたします。——苗子」

うぐぅーーーーっ！ ミヤ、ミヤ、ミヤ、苗子めぇ！

枕の下に隠しておいたのに、見つけるなんて！ 私のこと、二日目にして理解しすぎじゃないのかな？ ……ふっ、でも、二日目にして、私のことこんなに心配してくれるなんて。

苗子、しゅき。

ふふ、こっそり図書室に向かって本を持ってくる……なんてほど、私は子供ではないのだよ。

私は知っている。夜忍び込んで本を持ってくるより、素直に寝て、早起きして早朝から明るいところで本を読んだほうがはかどるということを！

ぐっふっふー。では、おやすみなさい。明日は早起きするぞー。

第四章

起きた。よし。図書室へ突撃だ。

寝巻のままではさすがにだめだろうと、箪笥を開く。

八竿《さお》の箪笥《たんす》は、用途によってある程度分けられているので、大量の服があっても選ぶのが楽だ。最上級礼装、正礼装、準礼装、略礼装、夜会服、三つが平服で、外着、部屋着、寝巻や下着……と。部屋着の箪笥を開いて着替える。

「さてと、図書室、図書室、どうなったかなぁ～」

図書室の入り口で足が止まる。めまいがするくらい素敵な光景。神々しい。

ああ、す、素敵！　四つの背が高くて幅も広い大きな本棚に、本がびっしり並んでいる。

どうしよう、胸がどきどきして止まらない。これが、恋？　って、そのくだりはどうでもいい。

近づいて本を手に取ろうとふらふらと部屋の中に足を踏み入れる。

「ひゃっ！」

前しか見ていなかった私の足元に何かがあって、躓《つまず》いて床に手をつく。

なんだろうと床を見ると転がっている……。……床に……。人が……。

「フェ……楓《フエン》！」

顔を確かめると下働きの楓だ。まだ幼さの残る顔。幸せそうにむにゃむにゃ言いながら……。

「寝てるだけ……か。びっくりした……でも、なぜこんなところで？」

楓の周りには数冊の本。そして、よく見れば本棚には不自然な形で横に入れられた本もある。

ああ、もしや！　仕分けと、五十音順に並べるという作業が終わらなくて、夜を徹して？

悪いことをしてしまった。ゆっくりでいいとか、急いでないとか、声をかけるべきだった。

私が本が好きっていうのはもうきっと、みんなに伝わってるだろうから、なるべく早く整えなくちゃと思ったに違いない。

起こすのも申し訳ないので、このまま寝かせておこう。……というか、せっかくの早朝読書タイムだ。苗子《ミャオジー》などが起きてバタバタしたら時間が……と、思ったりしてな……くはない。

もうすでに並べられた棚の前に移動する。足音を立てないように気を付けてね。

一番左側の棚はすでに並べられている。左から二番目も。右の二つはまだ作業途中のようだ。

むっふむっふ。

やばい、顔が、にやける。両手を広げても届かないような大きな本棚。一番上の段など手を伸ばしても届かないくらいの高さもある。つまり、でっかい本棚に……本がびっちり。

な、泣いてもいいかな。それがさらに四つもあるんだよ。と、泣いてる暇はないよ。上のほうは背表紙の文字を読むのに脚立が必要そうだ。

とりあえず立った状態で正面の高さの本、上から四段目から見る。右端から順に見るのが私流。

手に取って一冊ずつ読みたいのをぐっと我慢して、まずは題名を一通り見つつ特に気になった本を手に取る。

『朱国《しゅこく》の宮廷料理』

あ、私食いしん坊じゃないですよ？

朱国は、ほ、ほら、赤の姫……スカーレット様に今日お会いするから、共通の話題を何かね？必要よね？　無難な話は、天気と食べ物だって言うじゃない？

そういえば、本のマークごとに棚分けしてと頼んだけれど、題名を眺めていて気が付いた。どうやら、この棚は朱国に関する物が集まっているようだ。と、いうことは……。

隣の棚に視線を移す。

「ああ、やっぱり、こちらの棚は金国《きんこく》関係」

目についた『金国食べ歩きガイド』という本を手に取る。

いやや、だから、ほら、食いしん坊じゃないですって。たまたま目についたから。右手に『朱国の宮廷料理』左手に『金国食べ歩きガイド』……うっ。これ、間違いなく食いしん坊認定されるやつだ。レンジュに見られたらまた大爆笑されちゃうやつ。

ガタンと小さな音が聞こえ、慌てて背中に本を隠して振り返る。うひ、思わず隠しちゃった。

音がしたほうを見ると、楓が目をこすりながら上体を起こしていた。

「おはよう楓。昨日は頑張ってくれたようね。無理しすぎないでね。今から部屋へ行って休んだ

ほうがいいわよ？」

と、背中に隠した本をどうしようと思いつつ、とりあえず楓に部屋から出て行ってもらってからもとに戻そうと声をかける。

ぱぁあっと楓の顔が輝いた。

「なんてお優しい」

は？　優しい？

「頼んだ仕事がまだ終わってないじゃない愚図と、使用人を怒鳴りつける姫様もいるから、てきぱきと仕事はしないとだめですよと母が言っていたんですが……仕事が終わってないのに、愚図と言うどころか、部屋で休んでいいなんて……鈴華《リンファ》様はなんとお優しい……」

あ、いや、単に早く一人になって本を読みたいと思っただけだったり……。

「頑張って、続きをやります！」

楓が立ち上がって腕まくりをした。

「無理はだめよ、若いからって、ちゃんと休まないと、後で倒れてしまうこともあるわよ」

頑張らなくていいよ。部屋に行って、ね？　背中の本を戻す時間を頂戴！

楓が首を横に振った。

「大丈夫です。それに楽しいんです。題名を眺めているだけでも……。朱国は……あ！」

楓が話の途中で大きな声を出して朱国の棚の前に駆け寄った。慌てて後ろに隠した本が見つからないように、移動した楓の位置に合わせて体の向きを変える。

「本が、減ってる……」

あー。いや、今私が後ろに持ってます。

「えっと、四段目のこの位置に置いた本……『朱国の宮廷料理』という題名の本が……どこへいったんだろう……」

げ。

「楓、もしかしてどこにどういう本があるのか全部覚えてるなんてことは……ないよね？」

本の妖怪と言われているこの私ですら、読んだ本の題名をすべて覚えているわけではないし、どこに何があるのかも「たぶんこの辺で、こんな感じの題名の」という程度しか覚えてないというのに……。繰り返し読んだ大好きな本は別だけど。

「覚えているといえば覚えています。ちょっと変わった能力があるので」

変わった能力？

「瞬間記憶能力、意識して二秒見ると、見たものを映像として記憶できる能力です」

「な、何それ！　何それ！　もしかして、それって、本を開いて各ページ二秒ずつ眺めれば、全部覚えちゃうってこと？　それなら本をいくらでも読み放題じゃない。百ページの本も二百秒、いや、見開きで考えれば百秒……たったの二分程度で読み終えることができるってことでしょ？

それが百冊で二百分……」

す、すごい！　それって、何百万冊もあると言っていた仙皇帝宮の地下の巨大書庫の本も……生きているうちに読破できちゃうんじゃない？

「いいなぁー、すごいなぁーうらやましいなぁ」

楓が首を横に振った。

「そんなに都合のいいものではないんです」

楓が一冊本を持って中央近くのページを開いてさかさまにした。

「たとえば、柿の木が描かれた絵を見るようなものでしょうか。鈴華様も、柿の絵を見れば柿の絵があった記憶は残りますよね？　でも、柿の実はいくつだったか絵を思い出して数えないとわからない。それと同じなんです。映像として完全に記憶はできるんですが内容を理解しているわけではないんです」

「それって、目を閉じても読書ができるっていうことじゃない？　すごい！」

うらやましくて仕方がない。

「ふふ、鈴華様ほど読書が好きなら役に立ったかもしれませんが、あまり役に立つと思ったことはないです。あ、というか、もしかして目を閉じたまま読書し始めたら、鈴華様起きてこないんじゃ……」

うっ。ずっと目を閉じている自信はある。視線をそらした先の棚を見て楓が再び声をあげた。

「あ、こっちの棚も一冊抜けてる。『金国食べ歩きガイド』……ですね」

ぐっ。忘れてた。

「二冊とも食べ物の本……誰でしょう。仙皇帝陛下からお借りしている本を盗むのは重罪だとわかってますよね……。ちょっと借りるだけなら大丈夫だと思ったのかな？」

楓が首をかしげる。

「犯人は相当な食いしん坊でしょうね」

うひゃー。ごめんなさい、ごめんなさいっ。

「食いしん坊じゃないですよ。ほ、ほら、その二冊は私が持ってる。あの、今日の午後、赤の宮に行くでしょう？　スカーレット様との話題作りにと。食べ物の話題がいいかと思って」

キラキラと楓の目が輝いた。

「なんて鈴華様は勉強熱心なのでしょう！　こんな早朝にわざわざ起きてまで……」

あ、いや、違う。単に昨日の夜枕の下に隠した本を没収されたので……早起きして読もうと思っただけで……。勉強するつもりでもなく、単に本が読みたいだけで。何を読もうと思ったときに、一応、本当に一応、話題作りのためにもなればいいなぁと思っただけで。

楓の純粋な目が私の心に突き刺さる。ごめん、そんな立派な人間じゃないのです。心が痛い。

急に楓の視線が宙をさまよう。いや宙を目で追っている。もしかして記憶した画像を見てる？

「朱国の料理関係の本はあと三冊あったと思います。あ、題名だけで判断するとですが。必要ですか？」

返事をする前に、楓が一つ目の棚から三冊の本を抜き出した。『お菓子の国の赤の姫』『基礎の料理』『赤の映える食材』

「ねぇ、楓もしかして……それも瞬間記憶能力で覚えた映像で探したの？」

楓が頷いた。

「もしかして、私が突然、靴の本が読みたいと言ったら探せるの？」

楓の視線が宙を再びさまよう。そして、金国の本が並んだ棚から一冊の本を取り出した。

「これくらいしか見つかりませんでした」

題名は『足を美しく装う』。確かに足の装いに靴も入るだろう。

「楓すごい！　なんか、すごい！　ねぇ、楓、苦痛じゃない？　本にいつも囲まれていたり、たくさんのことを記憶したり、平気？　その……瞬間記憶能力を使うととても疲れるとか、そういうことはない？」

がしっと楓の両肩をつかんで揺さぶる。

「はい。大丈夫です」

楓の返事を聞いて、図書室を飛び出す。

「苗子、苗子ーっ！　お願いがあるの！　苗子ー！」

バタバタと廊下を走り部屋へ戻る。

って、苗子ってどこにいるんだっけ？　とりあえず黒の宮のどっかだよね。どこだろう。使用人が使う空間って案内されてないけど、あるんだよね。あ、なんか小さめの隠し扉みたいなのがどっかにあったっけ。あそこから出入りしてるのかな。

「し、失礼いたしました。およびですか鈴華様っ」

慌てて苗子が部屋に飛び込んできた。

私が苗子を呼んだ声を聞いて、急いで身支度をしたのだろう。ずいぶん着崩れている。

「苗子、ごめんなさい。急がせてしまって。服の合わせが乱れてるわ」

と、胸元の合わせを直そうと手を伸ばすと、苗子がとっさに身を引いた。

ちょっと顔を青くしている。触られるの嫌だったかな？

「し、失礼いたしました。あの、急ぎでないならば整えてまいります」

……あ、なんかちょっとわかってしまった。

整え終わって戻って来た苗子の胸元を見る。うん。さっきより膨らんでますよ。苗子細いから仕方ないと思うんだけどなぁ。

気にしてるんだ。貧乳。で、作り物入れてるんだね。大丈夫。黙ってる。誰にも言わないね。

そうか。湯あみの練習台になりたくないのもそれが原因だったのか……。

「それで、どうなさったのですか？」

すっかり落ち着きを取り戻した苗子がベッドに座る私の前に立つ。

「楓のことなんだけど」

「本の整理を任せていた下働きの楓がどうかしましたか？」

「辞めさせて。楓に下働きを辞めてもらって」

苗子がぎょっとした顔を見せる。

「確かに、まだ図書室の棚に本を並べ終わっておりませんが、さぼっていたわけではなく……今日中には終わるかと思いますので」

青ざめた顔で楓の身をかばうような言葉を口にする。

ああ、そうか。苗子は、ちゃんと仕事をする人たちのことは評価していて、こうして辞めさせないようにかばうこともできる人なんだ。

「苗子、しゅき」

ますます苗子が好きになった。

「え？　好き？　いや、そう言われましても、楓を辞めさせるのには賛成できかねます……」

苗子が照れたような顔を一瞬見せて困った顔をする。

「そんなぁ、お願い、どうしても楓には下働きを辞めてもらいたいの！　辞めさせてね？」

苗子の手を取り懇願する。

「鈴華様……なぜだか、理由をお聞きしてもよろしいですか？　さすがに、その、失礼なこと、気に入らないことがあったのなら注意をいたしますので。改善されなければ考えますが……すぐに解雇というのは……」

はてと、首をかしげる。

「気にいらないところ？　何を言ってるの？　私、楓をすごく気に入ったの！」

苗子が、首をかしげる。

「鈴華様、話がちょっと理解できません……気に入ったのになぜ辞めさせたいのでしょうか？」

「それはもちろん、下働きは辞めてもらって、私の専属司書《ししょ》になってもらうためよ！　司書よ、司書。本の管理人と言えばいいかしら。ああでも、私専属、専属ってとこがポイント！」

苗子がポカーンと口を開けている。

「は？」

「だってね、千冊の本は返さなくちゃいけないの。読んで返してしまった後にそういえばなんて本だったかな？　とかもう一度持って来てもらいたいなって思っても題名とか忘れちゃうでしょう？」

「記録を取っておけばよろしいのでは？」

ぶんぶんと首を横に振る。

「だから、その記録を記憶として楓にやってほしいの！」

楓なら三ヶ月前の二番目の棚にあった本とかざっくりした説明で本の題名を教えてくれるよ。

「わかりました。しばらく様子を見て決めさせてください。楓の意思も確認しませんと」

「ミヤ、苗子？　しばらくって……だって、楓には……」

千冊は一ヶ月で入れ替わっちゃうんだよ。本を覚えてもらわないといけないんだから、あんまり後だと困る。

入れ替わっちゃうといえば、黒の宮の主も入れ替わっていくんだった。

「ねぇ、苗子、私が黒の宮から呂国《ろこく》に帰るときに――」

私、もちろん第一希望は仙皇帝宮《せんこうてい》で働くことだけど、でもそれがかなわなければ呂国へ帰るでしょ。帰るときに楓って連れて行ってもいいのかな？

仙山を下りると穢《けが》れがどうのって話もあったから難しい？　そうすると、私が仙山に残る……えーっと、黒の宮で侍女でもする？　うーん。

「おいおい、どういうことだ？　里帰りか？　呂国に帰るってどういうことだ？」

しゅたっと天井裏からレンジュが下りてきた。

「おはようレンジュ。里帰りの話じゃなくて」

レンジュが私の手を取った。怒ったような顔をしている。

「おはようじゃねぇ。何が気に入らねぇんだ？　昨日は仙皇帝宮を目指すと言い出したかと思えば、今日は呂国に帰るだ？」

気に入らない？

「何も気に入らないことなんてないわよ？　仙皇帝宮は目指すし、もしだめだったときに呂国に帰ることになったらって話だし」

レンジュがはぁーと息を吐きだした。

「だから、もう俺の嫁になれって。仙皇帝宮には行けるし、呂国にも一緒に行ってやる」

ん？

「だから、レンジュは宦官《かんがん》だから、えーっと……」

宦官と結婚しましたって、呂国に帰ったら帰ったで大問題な気がするんだけど……。

それに……いくら仙皇帝宮の地下書庫に行きたいからって、年増醜女《しこめ》本の妖怪を嫁にしろなんて言えるわけがない。そんなことして地下書庫に行ったら、きっと罰が当たる。本の神様に嫌われちゃうに違いない。

待てよ？

「レンジュ、もしかして宦官が男に戻ることができる……その、生やせるなら、女の私が宦官になる方法もあるんじゃない？」

「は？　どうしてそうなる！　お前が女じゃなくなったら結婚とかできないだろう！」

「知ってたら教えて！　そうよ、私、男になるわ！　男になれば宦官にもなれるでしょ！　ほら、なんか、秘術とか、他の人には黙ってるから、そっと教えて、ね？」

じりじりとレンジュに迫れば、いつものようにレンジュは……。

「苗子、怖い。なんでこんな日が昇ったばかりの早朝からこんな話になってるんだ？」

はぁーと苗子がため息をついた。

「レンジュ、図書室には鍵を付けたほうが良さそうです。使用できる時間の制限を」

え？　待って、待って、待って！

「なんでそんな話になってるの？　苗子、ねぇ、苗子？」

苗子が額を抑えた。

「安全が確保できません」

なんの安全？　本？　そうね、本の安全を確保するのは大事ね。鍵は必要かもしれない。あ、でも、なんなら私が図書室で寝泊まりして、本の安全は守るよ？

「だなー。睡眠時間が確保できないのはつらい」

いやいや、つらくないよ？　本を読んで睡眠時間が削れるのは全然つらくないよ？　でへ。あ、でも怒られるよね。ちゃんと寝てくださいとか、いつまで本を読んでいるんですかとか怒られるのはつらいというか、覚悟の上だから！

「こんな早朝に部屋を抜け出されて何かあってからでは遅いですから」

苗子の言葉に、はたと気が付く。

「あ、安全って、もしかして私の？」

レンジュがふわぁーあと大きなあくびをした。

「ったく、こんな早起きしたのは久しぶりだぜ。お前が血相を変えて苗子を探しているというから、何が起きたかと慌てて駆け付けたんだぞ」

睡眠時間というのは、レンジュの……いや、苗子の睡眠時間もってこと……だよね。

「ご、……ごめんなさ……い。あの、でも黒の宮から出なければ、安全じゃないの？」

レンジュが微妙は表情を見せる。

「ああ、まぁ後宮は安全だと言いたいところだが……完璧だとは言えない。人が出入りする限り……絶対とは言いきれない」

あー。まぁそうなるのか。

侍女も黒の宮に不満もらしてたし。マオだっていじめられたのかとか心配してくれたし。

悪意がある人間の出入りを完全に排除できないってことだよね。

「この部屋だけは結界で、日が落ちてからは俺と苗子しか入れないから安全だが、黒の宮全体に張ってある結界はもっと緩い。万が一のことを考えると……」

「結界？　え？　結界って本当に張れるんだ。それ、仙術？　ねぇ、どうやって結界って張るの？　物語の本では結界って出てくることはあったけれど、結界について詳しく書かれた本は一冊も見たことがないし、本当にあるとは思わなかった。ねぇ、レンジュ、レンジュも結界とかそういうなんか不思……」

レンジュが一歩後ろに下がったかと思うと、天井裏に飛び上がってしまった。

ぬぅ。逃げたな、レンジュ！　そうだ、鈴を鳴らすと来るんだっけ？　鳴らしてみようか？

机の引き出しに伸ばそうとした手は苗子につかまれた。

「せっかく早起きしたんですから、背筋を伸ばして優雅に動く訓練でも致しましょうか」

うっ。猫背は直すと確かに誓った。ちょっと頑張ろうとも思った。でも、今から？

「今日はスカーレット様にお会いするんですよね？」

苗子の顔が怖い。朝が弱かったのかな。うひー、ごめんなさい。

ううう、早起きは三文の得って、本に書いてあったのに……。

早起きしたら、図書室の時間制限は決まるし、苗子は不機嫌になるし、特訓させられるし……。

嘘つき！　本の嘘つき！

朝食は、たいへん美味しくいただけました。お腹空いていたので。うぐぐ。

◆◆　◆◆　◆◆　◆◆

「うん、完璧だよね？」

目の前には、午前中に試作して、午後に完成させたお土産に持っていくお菓子。

「はい、これは本当に、美味しくて……夢のようなお菓子でございます」

作ってくれた料理人がほっぺを押さえた。

「二人が頑張って丁寧に作ってくれたからこんなに美味しくできたんだよ。ありがとう」

にこっとほほ笑むと、料理人二人がぽっとほほを赤くして激しく頭を横に振りだした。

「いえいえ、これほど素晴らしいお菓子の存在を私たちは知りませんでした。教えてくださった鈴華様のおかげでございます」

「そうです。鈴華様がいらっしゃらなければ作れない物でした！　あの、ご満足いただけて嬉しいです」

大げさだよねぇ？　と苦笑していると、何か意を決したように、料理人二人はお互いに顔を見合わせて小さく頷いた。

「申し訳ありませんでしたっ！」

二人が声を合わせて頭を深く下げた。

「もしかして……あなたたち……」

つまみ食いで、こっそりいっぱい食べたとか？　ばれてないんだから謝らなくてもいいのに。

「鈴華様はご存じだとは思いますが……私たち二人は黒の宮に配属されるのを拒みました」

へ？　つまみ食いを謝ってるんじゃないの？

「それなのに、こうして大切な役割を……新しいレシピを惜しげもなく教えてくださいます」

「美味しいと、私たちに感謝の言葉をくださいます……」

いやー、普通でしょ？　レシピは作り方教えないと自分じゃ作れないし。

美味しい物を美味しいって言うのだって、普通だよ？

「これからも、どうぞ……こちらにおいてくださいませ！」

あれ？　もうクビにするなんて全く思ってないけど……？

「鈴華様がいらっしゃる限り、十年でも二十年でもお仕えさせてくださいっ！」

え？　あれ？　まって、まって……。

「苗子、なんか、二人が変なこと言ってる。十年、二十年もいられないよね？　そもそも、私、すでに二十六歳だし……」

苗子がにやりと笑う。

「鈴華様は、あちらを目指していらっしゃるのでしょう？」

苗子が仙皇帝宮を指さす。

「そうだった！　私、書庫に十年でも二十年でもどころか、死ぬまで住むっ！　……ん？」

でも、料理人を連れて行くなんてできないんじゃない？　って、ああそうか。

「わかったわ！　私が、妃に侍女として連れて行ってもらえることになったら、あなたたちも優秀な料理人だから美味しい物いっぱい作ってくれるから連れて行ってあげてって頼んであげる！美味しいお菓子を頻繁に差し入れすればきっと洗脳できると思うの！」

ぽんっと手を打つと、小さな声で何かを同時にみんながつぶやく。

「「「そうじゃない」」」

息が合ってるけど、今なんて言いました？

首をかしげると、なぜか料理人二人と苗子が視線を合わせて頷き合った後、手をぐーにしてぐっと合図を送っている。なんだ、なんなのだ。答えを求めようと苗子の顔を見る。

「私も、ずっと鈴華様にお仕えしますからね？」

「ありがとう、嬉しい！　苗子しゅき！」

「百年、いえ、三百年は仕えたいと思います」

苗子がおかしなことを言いだした。いくら本の妖怪って言っても、妖怪じゃないから、せいぜいあと五十年くらいしか生きられないと思うの。

「では、身支度を整えましょうね？」

にこっと苗子が笑う。目の奥は、笑っていない。スカーレット様を訪問するんだけど……。

「手を洗って訪問着に着替えれば準備終わるよね？」

前回は午前中いっぱい使って湯あみから始めたけど……。

「そんな時間ないよね？」

「今回は短縮バージョンです。体をお拭きして髪を整え化粧を施し、その間に手足のマッサージをさせていただくだけでございます」

短縮……バージョンは、正直、めちゃ心休まらなかった。

四人がかりで、髪を結われ、化粧をされ、手や足をマッサージされ……。まだ、香油を使ったオイルマッサージは、眠たくなる気持ち良さもあったんだけど……。下を向かないでとばかりに顔をぐいっと上げられ、腕を下さないでとばかりに持ち上げられ、あ、向きが違う？　え。腕、はい。と、忙しかった。

「猫背になっていますわ」

苗子、無理、もう、無理……。

訪問着は、今日は対領襦裙《じゅくん》だ。単衣を重ねないで開いて着る。間に見える内衣にはレースで華やかに縁どられている。裳《も》の裾には幾重にも重ねた薄手の布があしらわれ……。そして、膝丈の褙子には真っ赤な牡丹《ぼたん》の刺繍。

「ちょっと、派手じゃないかしら？　私にこんな華やかな牡丹の刺繍が入ったドレスは……」

と、心配になる。

「何をおっしゃっているのですか、とてもお似合いです」

「はい。我ながらいい仕事をしました」

「そうね、これなら、赤の姫になんら引けを取りません」

「ええ、鈴華様のほうが美しいこと間違いありませんわ」

いやいや、待って、待って。

「勝負をしに行くわけではないし、それに、私なんかがスカーレット様に勝てるわけないよ？」

スカーレット様の美しい真っ赤な髪を思い出す。そして満開の薔薇《ばら》のように華やかな顔を。

それに比べ私は……そうだ。今日もよくといて髪はつやつやにしてもらったんだ。せっかく綺麗にしてくれたのに、勝てるわけないとか失礼なこと言ったよね。みんなは自分の仕事に誇りを持っているだけなのに。

「あーっと、勝負しに行くわけじゃないし、勝ち負けはそもそも誰がどうやってつけるのかという話だし、えっと、そう、友達になりたくて行くのだから、仲良くなれたら私の勝ちかな？　ってことで。この赤い牡丹、スカーレット様が気に入ってくれるといいな。うん。ありがとう」

と、お礼を言うと、湯あみ係四人がフルフルと打ち震えだした。表情は見えない。目を細めてみようかと思ったけど、やめた。

「勝負……ではない……。そ、そうですわね……」

「でも、絶対勝ってる」

「仲良くなるためならばやりすぎたか」

「だけど、つい……」

と、ぶつぶつ言い始めた。

あ、もしかして、勝負って、私とスカーレット様ではなく、スカーレット様の湯あみ係と、彼女たちの勝負？　……なのかな？　だとすると、えっと……。

「不吉な黒と言われているのに、黒の宮に来てくれてありがとう。あなたたちが他の宮の使用人に馬鹿にされないように、頑張ってくるわ」

にこっとほほ笑むと、湯あみ係四人が私の周りを取り囲んで膝をついた。な、何事？

「私、鈴華様について行きます！」

「どうぞ、これからも精進《しょうじん》いたしますので私もお連れください」

「十年でも二十年でも、鈴華様のおそばに」

「鈴華様にお仕えさせてください」

なんか、前にも聞いたセリフ。

「だ、大丈夫よ。もうクビにするなんて言わないし、えーっと」

そうか。湯あみ係も仙皇帝宮について行きたいってことね。

「妃に頼めるように私、頑張るからね。優秀だから、連れて行ってあげてって、私が侍女になったらあなたたちのことも頼んであげるから！」

と言うと、苗子が大きな声を出した。

「そうじゃないっ！」

は？　え？　私、何か間違えました？

「赤の宮には今しがた先ぶれを出しました。準備が整いましたでしょうか」

ノックの音とともに、赤の宮でのお勤め経験もある侍女のジョアが現れた。

「はい。準備は整ったので、行きましょう」

ジョアが下げていた頭を上げて私を見て息をのんだ。

「ん？　何かおかしいかしら？　失礼があってはいけないから、正直に言ってもらえる？」

自分の姿は鏡に映しても視力の関係であまりよく見えない。湯あみ係はきっと正直な感想は言いにくいだろう。

「とても、お綺麗でございます」

ジョアが再び頭を下げる。……うーん、クビへの恐怖で本心が言えないのかな。

知らなかっただけだからね？　さすがに仙山から出てけ！　というようなことになるようなことと言わないから。

「じゃぁ、待たせてはいけませんし、行きましょうか」

私、苗子、ジョアと三人で向かう。ジョアが手土産の菓子を持って行き、苗子が赤の宮の侍女とのやり取りを受け持つ。

まずは、赤の宮の謁見控えの間に足を運ぶ。ここまでは許可なく入ることができる。

「うわぁっ！」

思わず控えの間に入ったとたんに声が出た。

ここからは赤の宮だという主張か。

白い漆喰の壁は黒の宮と同じだ。しかし、柱が、梁《はり》が、窓枠が、扉が、そのすべてが朱色だ。

なんと、鮮やかで、華やかな控えの間だろう。

そういえば、黒の宮の謁見の間は、呂国を代表する勝景が描かれていた。そればかりか、呂の美しさを最大限に表現した壁代もみごとだった。

ああ、赤の宮の謁見の間はどのような素晴らしさなのだろう。

早く見たくてソワソワしだすと、苗子が他の人に聞こえない声でそっと耳打ちする。

「緊張しなくても大丈夫です。何かあれば私もフォローしますし、姫様同士の出来事で処罰が下ることはありません。また、後宮で不処分であったことを国に持ち帰り国同士のいさかいの元とすることも禁止されています」

苗子がさらに声を低くする。

「たとえどのようなことが起きようとも……」

どのようなことが？

つまり、ここでは処罰されないから、言いたいこと言っていいよってことかな？

おっと、それはそうと……苗子に心配かけてるから、ちゃんと否定しておかないと。

「緊張してないわよ？　ワクワクしてるの」

「はい？　さっきからのソワソワした感じは、緊張で落ち着かないのではなく？」

あ、そうか。顔は布で覆っているから表情が見えなくて誤解したのね。

こんなにニマニマと顔が緩んでるのに……。見れば緊張感がありません、表情を引き締めてくださいと言われるような顔をしているというのに……。

「キャァーっ！」

女性の悲鳴が上がる。後宮は安全じゃないの？　いったい、何が起きたの？

「姫様、来てはなりませぬっ！」

「見せてちょうだい」

「姫様っ！」

姫様って、赤の宮のスカーレット様のこと？

何が起きてるの？　見せてと言うなら、レンジュみたいな宦官が現れたわけではないよね。大きな体がどこかに隠れるわけもない。

騒動は、窓の外から聞こえる。赤の宮の中庭で、事件は起きてる。

……庭って、他の宮の庭にも行っていいんだっけ？　とくに柵があったわけじゃないし、建物内部は許可がないと入れないけど、庭は行き来自由……？

いいや。もし違っても、知らなかったごめんねってことにしよう。処罰されないなら大丈夫。

中庭へと続く扉を開いて出る。声のしたほうに顔を向ければ、ほんの数メートル先にスカーレット様の真っ赤な髪が見えた。

侍女が二人に、下働きらしき者が二人、何かを取り囲んで見下ろしているようだ。

一人は両手で顔を覆って震えている。本当に何があったんだろう。

「鈴華様っ！」

ずんずんとスカーレット様に向かって歩いて行く私を、慌てて苗子が呼び止めようとした。

「黒の……あなたがなぜここにっ！」

スカーレット様が私の姿に目を止めて声をあげる。

「なぜ？　お伺いすると、お伝えしてあると思いますが？」

堂々と答えた後に、勝手に庭に出たことに関してなぜと言われた可能性を思い出した。

「はっ、そういうこと。私がおびえる顔でも見ようと思ったわけ？」

は？　おびえる顔を見る？

「生憎《あいにく》と、この程度の嫌がらせで今更《いまさら》おびえるようなタマじゃないの。残念ね」

スカーレット様が両腕を組んで、顎をくいっと上げる。

「嫌がらせ？　あの、もしかして、庭に勝手に出てしまったことを怒っているの？　気に障《さわ》ったならごめんなさい。悲鳴が聞こえたので、何が起きたのかと……心配で」

表情は見えないけど、怒ってるよね。声に棘《とげ》があるし。

嫌がらせに心当たりはないけれど、私の行動に不快感を覚えたことは確かだろうから謝る。

「白々《しらじら》しい。何が心配よっ！」

「心配したのは本当です。だって、安全であるはずの後宮で悲鳴を上げるなんて、ただ事ではないでしょう？」

なぜかスカーレット様は、さらにイライラし始めた。心配されるのが気に入らないの？

「これ、あなたでしょう？」

スカーレット様が侍女たちが囲んでいた地面を指さした。

土の上には、何か黒っぽい物が落ちている。

「黒？　呂国の色っぽいですけど……」

なんだろうと傍に寄ってしゃがんで見る。

「これ、鳥？」

「本当に白々しい！　生き物の死体を嫌がらせで放り込ませたのはあなたでしょ？」

鳥の亡骸《なきがら》を手に取る。

「リ、鈴華様っ！　お手が汚れますっ！」

慌てて苗子がハンカチを取り出して私のもとに駆け付ける。

「見たことのない鳥だわ……なんという鳥かしら」

苗子の渡してくれたハンカチの上に小鳥の亡骸を乗せる。

「綺麗な色ね」

背中は黒いけれど、持ち上げて見れば胸元は綺麗な橙《だいだい》がかった黄色をしていた。

「ねぇ、この鳥の名前を知らない？　名前がわからないと本で調べることもできないから」

初めて見る鳥。どの国に住んでいて何を食べる鳥なのだろう。オスとメスで特徴が違うのだろうか。どんな鳴き声だろう。

鳥の特徴がよく見えるようにと、ハンカチに乗せた亡骸をスカーレット様に差し出す。

「なっ、なんのつもりっ！　私が死体を見て取り乱さなかったからって、何をするつもりなの！」

「何をって、鳥の名前を知っていたら教えてほしいだけですけど？　あの、それと、この亡骸はいただいてもよろしいですか？　スケッチしたいので」

「は？　死体を欲しいと？　自分で放り込んでおいて……あ、まさか、他の姫への嫌がらせに使いまわす気？」

嫌がらせに使いまわす？

「いえ、そもそも、嫌がらせってどういうことですか？」

待てよ。そうだ、あれだ。

「思い出しました！　女性同士が争う場合、蛇や虫を詰めた物を贈ったり、生き物の死体を贈ったりすることがあるんですよね！　ああ、そうでした。忘れてました、そうそう」

スカーレット様があきれたような顔をする。

「忘れたふりしてこの場を逃れようとするつもり？」

「いえ、ごめんなさい。その本を読んだときに、嫌がらせだということが全く理解できなかったんです。だって、自分で捕まえなくても蛇や虫が手に入るんですよ？　普通にもらったら嬉しいですよね？」

スカーレット様が大きな声を出した。

「嬉しくないっ！」

そう？　苗子の顔を見る。

「嬉しいと思う女性は少ないかと思います」

「でも、秋には鈴虫とか喜ぶよね？」

苗子に聞いたのに、答えはスカーレット様の口からもたらされる。

「鈴虫と毛虫を一緒にしないいっ！」

「そうよね！　全然違うわよね！　鈴虫は耳で楽しむものだけれど、毛虫は、目で楽しむもの、成長を楽しむものですもの。小さな体でぐんぐん葉っぱを食べていく姿の愛らしいこと！　そして、さなぎになり、美しい蝶へと変貌していくのは、もう感動ものですわ！」

スカーレット様が私の言葉を制止した。

「もういいわっ！　それ以上毛虫の話はやめてちょうだいっ！」

スカーレット様を見れば、少し青ざめている。

あれ？　私、何か悪いことした？　首をかしげると、スカーレット様が小さく息を吐きだす。

「よぉくわかりましたわ。不吉色の呂国の姫」

何がわかったのだろう？

「あなたが決して虫を送り付けるような真似はしないというのがわかりました」

「いえ、スカーレット様が望むのであれば、頑張って捕まえてきますよ？」

「いらないわよっ！」

即答されました。

「そうですか？　ここなら、もしかしてすごく珍しい虫もいるかもしれませんし……一緒に捕まえに行きますか？」

「行きませんっ！　というか、何しに来たのよ！　虫の話をしに来たわけじゃないでしょう？」

あ、そうだった。

「私、スカーレット様とお友達になりたくて」

ずいっと一歩歩み寄ると、スカーレット様が後ろに一歩下がった。

「あの、鈴華様、それをなんとかして、手を清めませんと……」

それ？　ああ、そうだった。

「ごめんなさい、私から来ておいてなんだけど、この鳥のことを先にしてもいい？　スケッチもしたいけど、まずは名前が知りたい。……　あ、半分黄色いし、この鳥、金国の鳥かなぁ？　金の姫なら知ってるかな？」

スカーレット様がふんっと鼻で笑った。

「嫌がらせの犯人が、金国の姫だと言いたいの？　自分は無実だと」

「いや、だから、私は嫌がらせなんてしませんし、金国の姫を嫌がらせの犯人だなんて思ってませんよ？　だって、こんなかわいい鳥を使って嫌がらせなんてすると思いますか？　定番は、えーっと、ネズミとカラスですよね？　あれ、違ったかな？　本に書いてあったと思うんです」

スカーレット様がぐっと唇を引き結ぶ。

「嫌がらせを受けているというのは、私の被害妄想だと……言いたいのですか？」

「そんなことは言っていませんけど……えーっと……」

なんで、そう、誰かが悪意を持っていると思うのかなぁ？

「普通に、鳥が死んで庭に落ちてただけですよね？　それを見て侍女がびっくりして悲鳴を上げた。スカーレット様はきっとお優しい方なので、悲鳴を聞きつけて心配で見に来たと……それだけの話では？」

あ、我ながらいい感じで話をまとめられそう。

「侍女が悲鳴を上げず、スカーレット様の目に触れる前に処分してしまえば、全然嫌がらせとして成立しませんよね？　本当に嫌がらせするのであれば、贈り物を装ってスカーレット様の手に確実に渡るようにしないと」

私の言葉に、その場にいた人間が一斉に青ざめた。なんで？

スカーレット様が、悲鳴を上げた侍女をにらみつける。

「あなたも……敵？」

あっ、私はなんということを。侍女が悪いと言ったようなものでは。

悲鳴を上げなければ嫌がらせが成立しないということは、故意に悲鳴を上げてスカーレット様に死体を見せた可能性があるということだ。そうでなくても、悲鳴を我慢して粛々《しゅくしゅく》と処理するべきだったのだ。

「いえ、決して……その……」

がくがくと震えだす侍女。

「彼女は、違いますっ。その、本当に思わず声が出てしまっただけですっ」

別の侍女が震える若い侍女の肩を抱いた。

スカーレット様は何も言わない。どんな表情をしているのか知りたくて目を細めて見る。

怒っているのか……と思ったら、少し悲しそうな顔をしている。

「その言葉を、あなた方を、何をもって信じろと？」

スカーレット様の声が震えている。

疑心暗鬼……。私を疑い、侍女を疑い……。

どうしてそんなにいろいろ疑ってばかりになってしまったのかはわからない。

でも、私は私が潔白だと知っているけれど、スカーレット様にとっては潔白だと信じられるだけの証拠がないのだ。

過去に誰かを信じて裏切られてきたのかもしれない。私も婚約者が他の人を好きになるという裏切りにあっている。大丈夫だったけど、もし本当に好きだったらショックだっただろう。

スカーレット様が人を信じられなくなったのは後宮に入った後なのか、その前なのかわからないけれど。けれど……、これだけはわかった。

「スカーレット様、友達になりましょう！」

スカーレット様の手を両手で握る。

「は？　何を？　どういうつもり？」

スカーレット様が驚いて私を見る。

八年前。十六歳のスカーレット様は、一人で後宮に入って寂しかったに違いない。知らない人たちばかり。そしてわからないことだらけ。

金国の姫がスカーレット様の髪の色をなんと言っていただろうか。

私は綺麗だと思った。だけれど、血の色みたいで不気味だと、そう言っていたのではなかったか。

この鳥の死体は嫌がらせだとは思わないけれど……朱国にいたときには受けなかった悪意を身に浴びて、スカーレット様はとてもつらい思いをしたのかもしれない。それで人を信じられなくなってしまったのかも。

でも、使用人までが敵だと……味方じゃないと疑わなければいけない孤独ってどれほどつらいのだろう。

「ごめんなさい……スカーレット様……」

スカーレット様が私の手を振り払おうとする力に抗《あらが》い、ぐっと強く手を握り締める。

「私、スカーレット様が仙皇帝妃になったときに、侍女として連れて行ってもらえたらいいなぁと思って、だから、スカーレット様と仲良くなろうと思ってたんです」

スカーレット様が毒気を抜かれたように、振り払おうとしていた手から力が抜ける。

「はぁ？　ちょっと意味がわからないんだけど……？」

「あ、正確に言えば、他の姫とも仲良くなって、えーっと、たとえ誰が仙皇帝妃になっても、侍女として連れて行ってもらいたいなぁと思っていたんですが……」

「だから、なぜ、そんなことを考えているのかわからないんだけど？　自分が妃になろうとしてるんじゃないの？」

スカーレット様の言葉に首をかしげる。

「知りません？　呂国の姫って、仙皇帝妃に選ばれないらしいんで。過去一度もないって。とりあえず国も妃にするつもりなんてさらさらなくて…。一度も妃を輩出してないけど、国はそこそこ安定して豊かなので、寵愛を受けると国が栄えるという話も必要ないから」

スカーレット様がぽかーんと口を開いた。

「確かに、呂国……黒い不吉な姫が仙皇帝妃になるとは、誰も思っていないかもしれませんが……それでも、後宮に姫を送るからには、いつかは妃を輩出しようと……いうわけで……は？」

「んー、ここにいれば好きな物が手に入るから、二～三年いろんな物をもらって自由を楽しんで帰りたいって……あ、妹とかその口なんですけど、やたらとたくさん衣装を作ってもらって、里帰りするたびに綺麗でしょと見せびらかしてたんですが……。それ目的で行く人がほとんどですよ。父……呂国の王としては、次に送る姫がいないとわざわざ養子をとったりめんどくさいからやめたいと……」

スカーレット様がふぅっと大きくため息を一つ出した。

「他国の姫を接待もせずに帰したとなれば我が国の名折れです。さぁ、準備を進めなさい」

青ざめて震えていた侍女にスカーレット様が声をかけた。

「は、はい。失礼いたしました。すぐに！」

クビを言い渡されずに仕事を与えられた侍女たちが、急いで仕事を始める。

「で、ごめんなさいってどういうこと？」

スカーレット様が私の顔を見た。

「ごめんなさい。私、自分の欲望のために、スカーレット様に近づこうとしました」

「欲望って、侍女として連れてってもらいたいってやつ？　それも意味がわからないんだけど」

いや、あのね、仙皇帝宮の地下には巨大書庫があってね、そこに行きたいの。仙皇帝宮は女人禁制で、妃と、妃に使える侍女だけは入ることができるらしいから。

だからと、説明しようとしたところで声がかかった。

「準備が整いました！」

どうやら謁見の間の準備が整ったようで、庭から直接謁見の間の奥の部屋へと通された。

テーブルに私とスカーレット様が向かい合わせで着席すると、侍女がお茶の用意を始める。

「あ、そうだ。ジョア」

ジョアに声をかけると、持ってきたお土産のお菓子の入った籠が私に手渡された。

籠の中から、菓子箱を取り出す。

「お近づきのしるしに」

菓子箱の蓋を開ける。

「この間は、配慮が足りずに黒いお菓子を勧めてしまって……今度は、黒くないので……」

真っ赤なイチゴが視界に飛び込む。つややかで鮮やかな大きなイチゴ。

「苺？」

すぐに赤の宮の侍女が皿を準備し、菓子箱から大きなイチゴが顔を出している大福を取り分ける。

「これは、苺大福と言います。大福……通常は餡子《あんこ》をもちで包んだお菓子なのですが、餡子も黒いので今回は白餡を用いました。苺の赤がより引き立つように」

準備したのは白餡の苺大福。

「ふぅーん。これで、私に取り入って仲良くなれるとでも？」

スカーレット様が面白そうに尋ねた。

「あーっと、いきなりその、仲良くなるのは難しいと思って、まずはお話しのきっかけにでもと……食べ物の話なら盛り上がるんじゃないかと思ったんです。でも、本当に謝ります。私が間違っていました。侍女にしてもらうためにスカーレット様と仲良くなろうなんて」

スカーレット様がくっと笑う。

「確かにね。私のような女と友達になんてなりたくないと、思い直したのは賢明ね」

「え？　絶対友達になりますよ！」

「いや、今、あなたが仲良くなろうというのは間違っていたって」

「違います、間違ってたのは侍女にしてもらうために仲良くなろうと思ったということです。それに、あなたじゃなくて、私の名前は鈴華です。リ、ン、ファです。スカーレット様」

自己紹介したような気はするけれど、名前を呼んでもらえないので、もう一度名乗った。

「私、侍女にしてもらえなくてもいいんです。友達になろうという人間に、損得というか、メリットというか、何か下心があるのって、間違ってるでしょう？　だから、あの、侍女になりたいとかもうどうでも良くて、今はあの、心入れ替えて友達になりたいって、ただそれだけで」

スカーレット様の孤独を思う。後宮で、誰にも気が許せない生活をすることを思う。

同情ではない。決して。かわいそうだとかつらかったただろうとか、だから私が友達になってあげるとかそういうことでもない。ただ……。そうして生きてきたって想像したら……。

スカーレット様が愛《いと》おしくなった。赤く綺麗な髪の……〝スカーレット様〟と仲良くなりたくなった。「朱国の姫と友達になる」ではない。

スカーレット様は黙ったままだ。

「あ！　肝心なこと忘れてました！　嫌ですよね？　私みたいな人間と友達になるの！」

スカーレット様の気持ちを、すっかり、忘れてました。あわわっ！

「呂国って、不吉な色だって言われてる黒い国だし……それだけでもなんか近寄りたくないと思っている人がいるのはわかっているつもりだったんです。その、さらに、私……国では妖怪とか言われるくらい、あの、不気味がられていて、……そんな人間に友達になってとか言われても困りますよね？　ごめんなさい、嫌がらせじゃなくて、えっと、友達になってくれないなんてひどいって言うやつでもなくて。っていうかそもそも目の前に私が姿を現すだけでも不快な思いをさせてます？　ああ、どうしよう、苗子、えっと、ジョア、か、帰りましょう。帰るときって、どういうマナーがあるんだっけ？」

壁際に控えていた苗子に声をかけつつ慌てて立ち上がる。

「ぶっ」

ぶっ？

スカーレット様が口元を手で覆っている。

「ふふっ、わかりました」

へ？　何がわかったの？

「あなたが、駆け引きが下手だということだけはよくわかりました」

ちょっと声が震えている。笑われてるのかな？

「あの、それって、私のこと信じてくれたってこと？」

嫌がらせをしようとしてなかったとかはわかってくれた？

「すべてが演技だとすれば大したものですが、演技でなければ……。そのような考えなしの行き当たりばったりでとてもではありませんが、タイミングを合わせた綿密な嫌がらせを計画できるとはとても思えませんわ」

ん？　褒められてる？　それとも貶《けな》されてる？

「せっかくです。あなたの持ってきたお菓子をいただきましょう」

え？

「毒見を」

スカーレット様が庭で声を上げてしまった侍女に命じる。

毒見役に彼女を指名する意味ってなんだろう。もし毒が入っていると疑っているなら、罰？

毒を疑っていないなら、あなたを信用して大切な役割を任せますという、許し？

うーん、わからぬ、わからない。よし、わからないなら聞いちゃえ。もうなんか、散々嫌がらせだとかどうだとか言われたし。今更一つくらい増えても問題ないよね……。

「スカーレット様、あの、私、後宮での過ごし方がいまいちわからないので教えていただきたいのですが」

スカーレット様が、言葉の先を促すように私を見る。質問してもいいわよということかな？

「彼女に毒見係を指名したのは、毒を疑っているからですか？」

スカーレット様の表情が見たくて、少し目を細める。

「不満そうな顔ね」

いや、違う、目を細めたのは怒っているからじゃないよ。

「毒を疑っているわけではないわ。もし、食べた後、私が腹痛を訴えたとしましょう。ただの冷えが原因だったとしても、原因がわからなければ毒も疑う必要がでてきます」

「なるほど、美味しさのあまり食べすぎてしまってお腹が痛くなったときに、食べすぎではなく毒だと言われてしまうと、二度と美味しい食べ物を食べさせてもらえないかもしれないということですね」

スカーレット様が、苗子の顔を見た。

「私、そんなこと言ったかしら？」

苗子がフルフルと首を振っている。

え？　違うの？

「ただの形式よ。毒見をすることでむしろその後、疑いませんというための」

スカーレット様が小さくため息をつきながら答えた。形式。うん、そうか。

「逆に質問するわ、なぜ、あなたは私に質問したの？　侍女に聞けば形式的なことだとすぐにわかったでしょう？」

スカーレット様に素直に思っていたことを答えた。

「もし、毒を疑っていて彼女に毒見をさせるということは、彼女が毒に苦しむことを望んでいるのかと。毒を疑っていなくて彼女に毒見をさせたならば、美味しい物を毒見と称して食べさせてあげる許しなのかと……」

私の言葉に、スカーレット様も赤の宮の侍女たちもポカーンとしてしまった。

「ぷっ。変な人ね。よっぽどこのお菓子の味に自信があるの？　毒見と称して美味しい物を食べさせるご褒美？　ふっ、ふふふっ」

スカーレット様が毒見に任命された侍女を見る。

「さぁ、〝美味しい〟毒見をしてちょうだい」

スカーレット様の真っ赤な唇が綺麗な三日月形になる。笑っている。

「あ、あの……毒は……舌にしびれるような感じもありませんし、不調も感じません」

侍女が苺大福を食べ、毒が入っていないと答えた。

「それから……」

侍女がポロリと涙を一筋流した。

「美味しいです、あの、スカーレット様、ありがとうございますっ」

侍女の言葉に、スカーレット様が頬を染めた。

「毒見ご苦労様。残りは奥で食べていらっしゃい。さぁ、では、私もいただきましょう」

早口で侍女を下がらせる。

泣くほど美味しい物をありがとう？　ううん、違うよね。失敗を許してくれてありがとうってことだよね？

スカーレット様いい人だ。

ちょっと疑り深くてピリピリしてるところもあるけど……。それは一人で身を守るために気を張っているからだよね。

「はい。いただきましょう！」

まずは喉をうるおそうとお茶に手を伸ばして、はたと手が止まる。

「苗子、この場合、形式的に毒見してもらうほうがいいんだっけ？　別に私は全然毒なんて疑ってないけど」

私の言葉に、スカーレット様が声を立てて笑った。

「ふ、ふふふ、おかしな人ね」

とても自然な顔。楽しそうだ。今なら！

「本当に何も知らないんです。だから、スカーレット様、友達になってください」

言ってからはっと気が付いた。まずいこと言った！

「た、ただでさえ黒くて不吉で嫌がられるのに、何も知らないから教えてとかさらに迷惑な存在なのですよね、私。友達になってなんて言えるような立場じゃない。で、でも、友達になりたいと思ったから、つい……口にしちゃって。えっと、ごめんなさい、あーっと、えっと、と、友達とか無理でも、あーの、えーっと、嫌わないで、時々お話ししてくださいっ！」

がっつり頭を下げる。

スカーレット様の返事を待つんだけど、何も声をかけてもらえなくて頭をそっと上げる。

スカーレット様の前の苺大福が半分なくなっていた。食べてたから返事できなかった？

「これは、素晴らしく美味しいお菓子ですわね」

スカーレット様が笑っている。

「あ、はい。苺大福というのです。本来は小豆で作った餡子で作るのですが、今回は白餡で作ってみました」

「小豆で作った餡子とはどのような味かしら？　食べてみたいわね」

スカーレット様の言葉に、首を激しく横に振る。

「いえ、あの、小豆は、黒いので、あの、その……」

スカーレット様が楽しそうに笑った。

「ふふふ。黒い食べ物が不吉だなんて、そんなこと信じてる人は朱国にはいないわよ」

「へ？」

スカーレット様の真っ赤な口の口角《こうかく》があがる。

「アレを持ってきてちょうだい」

スカーレット様に命じられた侍女の一人が、小さく頭を下げて部屋から出て行った。

アレって何？

「とても美味しい物をいただきましたから、こちらからもお礼のお菓子を一つ」

侍女が小さな籐《とう》で編まれたかわいい小箱をテーブルの真ん中に置くと、蓋を開けた。

「こ、これは……」

目がまんまるになる。

小箱の中には、飴玉くらいの大きさの、黒くてまんまるな塊が五つ入っている。

「ふふっ。見事に黒いでしょう？　これは、朱国でも一部の上流階級の者しか食べられない特別なお菓子」

これが、お菓子？

よく見れば黒ではなく黒に見える濃い茶色だ。黒ゴマ団子とも違う黒さだ。

「その昔、薬として朱国に伝わった物が、苦くてとても口にするのが困難で」

まぁ、良薬口に苦しと言いますし、苦いほうが効果がありそうな気はしますよね。

「少し口にしたからと、目に見える効果もなく、大量に摂取すれば効果があるんじゃないかと思った者たちが、食べやすいようになんとかしてくれと薬師に命じたの」

食べやすいようにか。鼻をつまんでミルクで流し込むとかではどうにもならなかったのかな？

「薬師たちは困って料理に混ぜ込んでなんとかならないかと料理人に相談して」

目は黒い謎のお菓子にくぎ付け。そして、耳はスカーレット様の話にくぎ付け。

知らないお菓子、知らない話、今まで読んだ本の中には書いてなかった。

どんな味だろう、どんな話だろう。ワクワク。

「ああ、ごめんなさい。こんな話つまらないわよね、毒味を」

ふえぇ？　ちょっと、まって、スカーレット様！　途中で話をやめないで！　拷問です……。

「スカーレット様、これ、嫌がらせでしょうか？　ねぇ？　ねぇ？　違いますよね？」

スカーレット様がはぁ？　と大きな口を開けた。

「嫌がらせ？　まさか、呂国の人間が、黒いお菓子を出されて嫌がらせかと言うとは思いませんでしたわ」

「違う、違うよ、話の続きが聞きたいのに、話を途中でやめないでー！　料理人に相談して、それからどうなったんですかっ！　続きが気になってきっと夜も眠れません！　途中まで読んで、続きは明日にしましょうって本を取り上げられたときの気持ちです！　気になって眠れないから、布団から抜け出してこっそり続きを読もうとして侍女につかまって布団に戻されるのを三回は繰り返しても諦められない、あの気持ち、わかりますよね？」

と、今の私の気持ちをわかってもらおうと必死に言葉を探した結果……。

「何を言っているのかさっぱりわかりませんわ」

と、スカーレット様が苗子の顔を見た。苗子がちょっと困った様子で口を開く。

「要約させていただきますと、スカーレット様のお話がとても興味深く、続きが聞きたい……ということかと」

そうよ！　それ！　苗子ならわかってくれると思ったわ！　さすが苗子！　だいしゅきぃー！

「あら？　そうなの？　あまりにもじーっとお菓子を見ているものだから、話はいいから早く食べたいのかと」

　ふえええええっ？

「そりゃ、味も気になりますけど、話を聞くのは大事だと思うんです！　大事っ！　お菓子にまつわる話を聞いてから食べたら、絶対美味しさ倍増ですよ！　お菓子の歴史に思いをはせながら味わうお菓子の味を想像すると……」

　スカーレット様がふいっと私の顔から眼をそらした。

　苗子が慌てて、私にハンカチを手渡す。あら、失礼。よだれでもたれてましたか？

「ふっふふふふっ。じゃあ、続きを話しますわ。ふふふ、ふふ。さらに、当時の国王がお触れを出したんですよ。この薬を美味しく食べられる方法を見つけた者に褒美を取らすと」

「ええー！　国王までもが？」

「まぁ、国王は切実だったんですわ。なんせ、滋養強壮のお薬と言われてもたらされたのに、苦すぎて飲めないのでは……その、世継ぎを作ることは国王の務めですから」

「滋養強壮の薬？」

　世継ぎって、夜の、なんか元気になる……本にも出てきた。滋養強壮というか、媚薬とか精力剤とか言うのよね？

「それで、街の薬剤師が美味しく飲める方法を編み出しました。製法は、我が国の秘伝ですのでお教えすることはできませんが……。国王ができ上がった薬を口にしたところ……いくらでも飲めるようになったんですが、薬としての効果はほとんどありませんでした」

「そうなの？　だったら、怒り狂った国王が、このお菓子は国から消すとかしなかったの？」

スカーレット様が少しもったいぶったように首を横に振った。

「国王が、王妃に薬を飲ませたところ、たいそう王妃はその薬……まぁお菓子ですけれども、お菓子に感激し国王との仲が睦《むつ》まじくなりお世継ぎに恵まれましたわ」

おお！　ハッピーエンドだ！

「そのときつけられたこのお菓子の名前が……と、毒味がまだですわよ？」

話は終わったとばかりにお菓子に手を伸ばしたらスカーレット様ににらまれた。ごめんなさい。

「苗子、苗子」

「はい。毒味をさせていただきます」

と、苗子がお菓子を一つ口に入れると、みるみる表情が恍惚《こうこつ》としたものに変わる。

「こ……これ……は、今までに……食べたことのない味で……」

「苗子ィ」

美味しいのね、美味しいんでしょう！　味わってる、堪能してる、そうじゃないよ、忘れてる、忘れてるっ！　毒実の結果を、さっさと口にしてぇ！

「あ、はい。鈴華様、特に問題はありません」

許可が出た。

「いただきますっ！」

飴玉サイズの黒いお菓子を手に取り口の中に入れる。

「!! な、なぁ、何これ！ な、何これ！」

語彙《ごい》崩壊。

「薬の名は、血寄濃霊杜《ちよこれいと》……血を濃く一点に寄せる霊薬……という意味で名づけられましたが」

「とろぉーりと口の中で溶けて、まろやかに広がる。甘さと苦みがなんとも言えない美味しさで……苦いのがこんなに美味しくなるなんて……ああ鼻に抜ける独特の香りも素晴らしく……初めての、本当に初めての体験です……なんと、言いましたか、えーっと、血寄……」

「お菓子の名は、チョコレートですわ。略してチョコと言いますわ」

チョコ……。

「チョコの美味しさにあらがえず、黒い食べ物は不吉なんて言う者などは朱国にはいません。それどころか血寄濃霊杜は朱国の王家の血筋を絶やさなかった縁起物のお菓子として持てはやされてます」

「本当に、美味しいよぉ、これ、あの、もう一ついいかしら？」

小箱の中に残っているチョコはあと三つ。

「ふふふ。チョコ、美味しいでしょう？」

「はい！　とても美味しいです！」

「このチョコを使った他のお菓子も美味しいのよ」

スカーレット様の言葉に、思わずたれそうになったよだれを隠すようにハンカチで口元を覆う。

「ねぇ、これ、一国の姫としてどうなの？」

スカーレット様が、苗子の顔を見た。

「はい、教育中でございます」

苗子が同意の代わりにそう答えた。

う、苗子の方から冷気が。これ、帰ったらビシバシ鍛えますからってこと？

……本を、本を読む時間はあるわよね？　あ、だめ、たぶん、ない。ないやつだ。

仕方がない、苗子に、教育の極意というものを教えてあげよう。

「教育で、大切なのは飴と鞭だと本に書いてありましたわ、苗子」

これが上手にできれば本を読んでもいいですよと、飴を、飴をぶら下げてくれれば、私の能力も、めきめきと向上すると思うんですよ……。

「ぷっ。くふふふ、本気なの？　鈴華、本気で言ってるの？」

「え？」

「褒美など、上の者が下の者に与える物でしょう？　黒の宮でのトップはあなたなのに、侍女に褒美を要求するだなんて」

スカーレット様が楽しそうに笑っている。

ん？　あれ？　そういえば、私が一番上の立場だよね？　だったら……。

「私が自由にしていいの？」

本を読む時間を確保しつつ教育の時間を計画すれば……。

苗子は無言。無言で、殺しにかかっている……ひぃーっ！　ご、ごめんなさいっ！

そうですよね。黒の宮のトップがこんなマナー知らずで、他の姫に大丈夫かって心配されるようじゃ、問題ですよね。それを改善してくれようとしているのに、私がわがままを言うなんて……。

嫌わないで～。

「あ、あの、スカーレット様、褒美っていうのは、何も上の者から下の者へばかりというわけではないと思うんです。たとえば、何か頑張ったなら「頑張っていて立派です」と褒めてもらえるだけでも嬉しいですよね。そういう、形のある品物じゃなくても、認めてもらうだけでもそれだけでも……褒美として十分っていうか……」

特に、本の妖怪と呼ばれ、みんなに陰口をたたかれていたので、私が本で読んで知りえた情報で誰かに喜んでもらえて嬉しかった。私が本を読んだことが無駄じゃなかったって、役に立ったんだって、そう思うだけでとても幸せだと知って……。人の笑顔が何よりの褒美で。

これからも何かあれば本に書いてあったことを誰かのために役立てたい。

「そうね。私たち朱国の人間が美味しい特別な食べ物だと思っているものを、美味しいと認めてもらえて私も嬉しかったわ……」

スカーレット様がチョコレートに視線を落とす。

「え？　こんなに美味しい物を、美味しいって認めない人がいるんですか？　なんですか、その人は！」

「ふふふ、お近づきのしるしにとっておきをと思ったこちらの気持ちは、嫌がらせだと思われる……なんて、私が過去に経験したはずなのに……。鈴華様に泥団子だなんて、ひどいことを言ったわね。ごめんなさい。どうも、長く後宮にいたせいで、私も人を疑いすぎるようになってしまったみたいだわ……」

あれ？　もしかして、スカーレット様は、仲良くなろうとチョコを手土産にどこかの宮の姫に挨拶したら嫌がらせだと怒られた過去があるの？　チョコが黒かったから？

スカーレット様が立ち上がる。

「ねぇ、鈴華様、お時間はあるかしら？」

「え？　はい。もちろんです！」

ちらりと三粒のまま数が変わらないチョコレートを見る。

「そちらは持ち帰って宮でゆっくりお召し上がりになって」

え？　いいんですか？

「スカーレット様、ありがとうございます！」

しゅき！　スカーレット様しゅき！

餌付けされたわけじゃないですよ。私のことを思って、そう声をかけてくれた優しさが好きなんですっ！　餌付けされたわけじゃないですから、決して！　……ええ、違うってば！　ちょ、かわいそうな子を見るような目を向けないでってって！

「少し付き合っていただけるかしら？」

「へ？　どちらに？」

スカーレット様がにこりと微笑む。

「友達を増やしたいのでしょう？　でしたら、一緒に金の宮と紫の宮へ行きませんこと？」

スカーレット様の発言に急いで立ち上がる。

「それは、えっと、スカーレット様も、みんなとお友達になりたいということですか？」

スカーレット様が微妙な顔をした。スカーレット様は確か八年、後宮にいたんだ。

「もしかして、スカーレット様は、すでに金国の姫とも藤国《とうこく》の姫とも友達で、私を紹介してくれるっていうことですか？」

それって、友達になるハードルが下がるんじゃない？　スカーレット様、優しい！

「いいえ、残念ながら、私たちは友達ではありませんわ。……後宮の姫たちは、張り合うものであり、仲良くするものではない」

「そんなっ！」

「時として相手を妨害し、嫌がらせをして後宮から追い出すもの……」

「ひどいっ！」

「……と、思っておりましたから。お互いになるべく接触もせず過ごしてきました。今の金国の姫が来たのが三年前。藤国の姫は四年だったかしら」

え？　思っておりましたって、過去形で話をしたよね？

「私が後宮に入ったときにいらした方はそういえばもう誰もいないんですよね……あのときの方々はそれはもう……誰がこの後宮で一番であるかと、そればかりで……」

過去に何があったのだろう……。気になるけど、さすがに思い出してつらそうな顔をしているのに、何があったのか聞くほど鬼畜ではない。いくら、いろんなことが知りたくてたまらないと思っても、そこはね、わきまえてます。

「どの姫も同じようなものだと思って代替わりした姫たちのことを知ろうともしりませんでした。けど、鈴華様のように……嫌がらせや人を蹴落としたりすることに、興味のない方かもしれない」

え？　それって？　これから仲良くしたいなぁってこと？

「せっかくなので、はっきりさせましょう。あの鳥の死骸を赤の宮に放り込んだ犯人が誰なのか」

え、ええーっ！　犯人探しぃ？

「スカーレット様、ちょ、友達になりに行くんじゃないんですか？」

「あら、犯人じゃないとわかれば、友達になれるかもしれませんわよ?」

そりゃそうだけど。

「嫌がらせとかじゃなくて、単に寿命で偶然そこで死んだだけだと思うんだけどなぁ……」

スカーレット様がふっと笑った。

「三回目です」

スカーレット様に視線を向けられた侍女が、簡単に続きを説明してくれる。

「スカーレット様が赤の宮に入られてから、今回と同じようなことが過去に二度ございました」

「八年で鳥が庭で死んでたのが三回目なら、別に多くないいんじゃない? それとも、仙山では生き物は死なないみたいな不思議なパワーでもあるの?」

読んだ本には書いてなかったけどなぁ。

とはいえ、読んだ本には、仙皇帝宮の地下の巨大書庫の話も書いてなかったんだから、何もかも本に情報が載っているなんてあるわけないけれどね。

「あの……」

侍女が何か言いにくそうにスカーレット様を見た。

「何? 遠慮なく言いなさい」

「はい。鈴華様のおっしゃる通り、たびたび、小動物などの亡骸は庭では見かけるようです。庭師が処理してくださっています。ですから、その、生き物が庭で死んでいるということは、不自然ではないと言われれば……不自然ではないかと」

スカーレット様が侍女の言葉にふぅーんと真っ赤な唇をきゅっと閉じ、それから言葉を探して口を開く。

「そうかもしれないわね……でも、特徴的な黒と黄色の鳥は朱国の鳥ではないわ。庭にいるのがそもそも不自然ではなくて？」

「え？　庭って、誰でも自由に行き来できるんじゃないんですか？　だったら、動物もどこにでも行けるんじゃないんですか？」

いや、自由に行き来できないのかな？　え？　他の庭に入って見ちゃだめなの？

スカーレット様が返事に困っている。どっちか教えてほしいのに！　知らないのかな？

そういえば……、昨日興味深い単語を聞いたわ。レンジュに！

「結界とか、そういうのがあるのかな？」

レンジュが一番結界が強いのは私の寝室でそこにいれば安全だとか言ってたし、庭にも仙皇帝宮を中心として、各宮の庭を仕切るような放射線状の結界みたいなものがあっても不思議ではないよね？

見えないけど存在する壁。それぞれの庭がそれぞれの国の特徴を持っているって、銀国《ぎんこく》は雪の国だよね？　まだ見てないけど、雪が積もっている庭なら、その隣は寒いってことになっちゃうし、突然雪が途切れるとか不思議な何かがない限り無理だよね？

「結界？」

スカーレット様が、首をかしげる。

「わからないことは、本を読めばいいんですよ！　と、いつもの私なら言うところですが、あいにくこの仙皇帝の後宮に関する書物は少ないみたいなので、自分たちで確かめられることは確かめましょう！」

「は？　確かめる？　何を？」

スカーレット様が唖然《あぜん》とした表情をしている。

「生き物が行き来できるのかくらい、自分たちで確かめられますよね。せっかくです。庭を通って金の宮へ向かいませんか？」

という私の提案に、半ば考えることを放棄したスカーレット様と、お付きの侍女二人、私とあきれ顔の苗子と、不安そうなジョアの合計六人で庭を進むことになった。


「このあたりが、赤の宮と黒の宮の庭の境目よね？」

建物の区切りの延長線を確かめる。

「あら？　心なしか土の色が違うように見えますわ」

足元を見たスカーレット様が声をあげる。

「本当だ！　スカーレット様すごい！　目の付け所《どころ》がすごい！」

私は、生えている植物がここを境にどう違うのか確かめようと顔をあげていたから、土のことなんて全く気が付かなかった。

しゃがみ込んで土を見る。お、おお、確かに！

「ほら、見てくださいスカーレット様！　呂国の土は黒いでしょう？　黒の国です。黒は不吉なんて馬鹿にする人もいますけれど、黒い土は栄養がたっぷりな肥沃な大地の証明なんです。肥沃な大地だからこそ、呂国では作物の生育もよく、食べる物が不足して民が飢えることもないんですよ。だから、仙皇帝陛下の寵愛がうんぬんで、国がなんたらとかもどうでもいいんです」

と、土を手の平で掘り自慢げにスカーレット様に見せる。あ、簡単に庭を行き来できちゃうわ。結界とかないんだ。

スカーレット様がふんっと、鼻息荒く赤い土の上で両手を腰に当てた。

「確かに、魅力的ですが、朱国の土にもいい点はありますわ。ここの土はさほど赤くはありませんが、もっと赤い土が取れる山があります。そこから取れた赤土は染料になりますし、赤粘土は、レンガや素焼きの焼き物に適しています。たくさん産出されますから、我が国ではレンガの生産が盛んで町と町をつなぐ街道はレンガ敷きで、馬車の移動にとても便利になっていますわ」

スカーレット様が胸を張る。

「スカーレット様……好き……」

思わず漏れた感想に、スカーレット様が顔を赤くした。

「な、何を突然っ！」

「だって、自分の国のことが好きで、自分の国のことを勉強してるんですよね？　素敵ですっ！

いや、でも、国が好きなら、国のために仙皇帝妃を目指してるんですか？」

「同じよ。朱国も不吉だと言われるけれど、レンガを敷き詰めた赤い道のおかげで、交通が発達している。だから、国全体が大きな一つの町のように機能している。作物の育ちの良い土地で作物を作り国全体に行き渡らせることができますわ。それに、赤い宝石の産出量も多いですから、外貨を稼ぐ手段もあり、豊かなの」

すごい、すごい、すごい！

「赤の道と呼ばれる道があるというのは本で読んだことがありますわ！　赤の道って言葉だけではちょっと想像がつかなかったのですが、赤い土で焼いたレンガが敷き詰められた道……それが国じゅうに張り巡らされているなんてすごいっ！　朱国はすごいですね！　国の端から端に移動するのも、呂国よりずっと楽なんでしょうね！」

と、そこまで口にして、悲鳴で思考が中断する。

「きゃぁっ！」

悲鳴を上げたのは、スカーレット様の侍女の一人だ。慌てて両手で口をふさいだ。

「どうしたの？」

声をかけると、青ざめた顔で、ハンカチを取り出し広げる。

「姫様のお目に触れるようなものではありませんので……」

と、先ほど私がちょこっと掘った地面にハンカチをかぶせた。

何？　隠されると気になるよ？　しゃがんで、侍女が置いた目隠しのハンカチを持ち上げる。

「あ！」

声をあげると、侍女が震えた声で声をあげる。

「だ、大丈夫です。見た目は、不気味ですが、毒を持っているのではないはずで……」

「ミミズだぁ！」

そこにいたのはミミズだった。にょろりん、うねりんとしている。

「うっ」

スカーレット様も侍女たちもあまりよい顔をしていない。

「えーっと、ミミズがいる土地は、作物がよく育ついい土なんですよ？　だから、いたほうがいいんです。呂国は王宮の庭でもしょっちゅう顔を出してますよ？」

スカーレット様が顔をしかめたままミミズの姿を見る。

「……朱国の王宮は庭の大半はレンガが敷き詰められているから初めて見たわ……ミミズっていうのね？」

「本で読んだところによると、風邪薬の原料にもなっているんですって。だから、見たことはないけれど、口にしたことはあるかもしれませんよ？」

と、ミミズはそんなに特別な存在じゃなくて、身近な存在だと教えようとしたけれど、どうやら失敗。

「鈴華様っ！」

苗子が慌てて私の口をふさぎにかかる。足先を軽く蹴られた。

ぎゃっ！　仕える主を蹴るなんて……。私の失態を止めようと、そこまでしてくれるなんて。

苗子、しゅき！　だいしゅきー！

「……そう、ですわね。チョコレートだって、黒い色を不吉と思って嫌厭《けんえん》している人はあの美味しさを知らないかわいそうな人ですもの。原料のミミズが気持ち悪い姿をしているからといって……薬を飲みたくないなんて言ってはただの馬鹿ですわね」

スカーレット様が青い顔をしながらも……このミミズ食べてるんだよ、何馬鹿にしてるの（意訳）的な失言をした私を許してくれた。

嫌がらせですのと言われなくなったの、すごくない？　でも謝っておくよ。

「ごめんなさいっ。そ、そうだ、実験にちょうどいいですね。とりあえず、庭はこうして境目も、私たちは自由に行き来できます。生き物はどうなんでしょう」

ミミズをひょいっとつかみ上げると、小さく侍女たちが息をのむのが聞こえる。また、私、失態、やらかしちゃいました？

ミミズくらいどうってことないんだけど……せめてハンカチでくるむようにそっとつまみ上げ

るべきだったか……。う、ぐぐ。これは、いやだいやだと言っている場合ではなく、ちょっと本腰いれて、苗子に姫としての立ち振る舞い教育をしてもらわないといけないかもしれない。直せる部分を直さないというのは自分の我儘《わがまま》なのかも……。うん、反省。ちょっとは努力しないと。私のことを思ってくれる人がいるんだもん。

呂国にいるときは、赤ちゃんのころから一緒にいた人たちに囲まれていたから「妖怪」で済んでた。周りの人は私を好きなようにさせておけばいいと甘やかしていたんじゃなくて、諦めていたのかも……。そして、私はそれに甘えていた。自分の好きなことばかりを優先できる環境をラッキーだと思って。婚約破棄されたことだって、それを理由に結婚しなくて良くなって棚から牡丹餅って思ったくらいだけど。それって、最低だったかも。

と、今はそんなことを考えている場合ではない。

持ち上げたミミズを、黒い土の一番すみっこに置く。

「ほら、あっちへ行ってごらん」

つんつんと後ろをつついて追い立てるように、赤い土の上……赤の宮の庭に行くように仕向ける。

ミミズは、体を持ち上げくねらせ、逃げたいのに何かに阻まれて逃げ出せない様子でうごめく。

「あれ？　行けないのかな？」

私の実験の意図がわかったのか、スカーレット様が侍女に何かを指示した。指示された侍女は、すぐに赤の宮の庭の木の周りをぐるぐるとして、一枚の葉っぱをちぎってきた。

葉っぱの上には、薄緑の虫が一匹乗っていた。

侍女は葉っぱを赤い土の上に置く。黒い土との境目ぎりぎりに。木の棒を拾うと、後ろから虫を追い出そうとつつく。けれど、虫は、赤の宮の庭から黒の宮の庭には入ってこない。

「不思議ですわね。私たちは自由に通れるのに、虫たちには壁があるなんて……」

スカーレット様が虫の様子を見てつぶやいた。

「本には、生き物にはそれぞれ適した環境というものがあると書いてあったんですよね。その環境を求めて移動する渡り鳥というのもいるそうなんです。それに、適さない環境に行けばたちまち生きていけなくなる動物もいると」

スカーレット様が私の言葉に、へぇーっと感心したように頷いた。

「こんな小さな虫にも、自分が生きていける場所にとどまろうとする意思があるということかしら？」

スカーレット様の言葉に、読んだ本の内容を思い出す。

「本来そこにはいなかった虫が来て、瞬《また》く間に数を増やし、作物を食い荒らして飢えてしまうこともあるそうです……」

スカーレット様が青ざめた。

「なんて恐ろしい……。その虫がどんどんどんどんどん数が増えていってしまえば……国が滅んでしまうではありませんかっ！」

……そう、害虫が大量発生するのは本当に怖いことだ。

「そのうち生き物同士のバランスが取れるようになるから大丈夫だと本には書いてありました」

これまで滅んだ国がないし。スカーレット様がほっとした表情をする。

「そうなのね……」

「そうなんです。自然ってすごいですよ。もしかすると、赤の宮のこの虫一匹が黒の宮の庭に入ってきただけで、何本も木が枯れてしまうかもしれません……」

「こんな小さな虫一匹が、木を何本も……」

まぁ、可能性としてのたとえ話だけれど、これが番《つが》いで入ってきて卵を産んで数を増やし始めたら大げさな話ではない。

「だから、庭の生態系を守るために、人以外が自由に行き来できないような力が働いているのかもしれません」

スカーレット様が首をかしげた。

「あら？　それじゃあ、生きた虫を使った嫌がらせはできないということではありませんか？

その宮の庭の虫をかき集めて嫌がらせをするなんて、難易度が上がりますよね？」

スカーレット様が再び首をかしげた。

「おかしいですね？　ああ、ほら、やはり」

ジョアが赤の宮側の虫の乗った葉っぱを持ち上げて、黒の宮側に入れた。

「ほら、鈴華様、人の手を介せば移動させられますよ」

「本当だわ、ジョア！　人の管理下でありさえすれば移動できるということなのね！」

目をキラキラさせてジョアを褒めようとしたら、苗子が厳しい声を出した。

「ジョア、あなたっ」

怒鳴りつけるわけではないけれど、あまりもの強いきつい声に驚いて身を縮める。

「なぜ、知っているの？　あなたまさか、虫を運んだことがあるの？」

苗子の言葉に場が凍り付く。

そうか。虫を使った嫌がらせが、本当にあったのだとしたら、虫を運んだ人間がいる。人の手を介せば大丈夫だろうとジョアが知っていた理由。

「はい。あの、肩に虫が乗っているのを気が付かないまま境界を行き来したことがあって」

ジョアが知っていた理由を述べたら、ふぅーっと張り詰めていた空気が緩んだ。

良かった。そうか。ジョアは嫌がらせに加担したわけじゃないのね。ほっとした。

他の人もホッとした顔を……いいや。スカーレット様の表情は固い。

「ふふ、ふふふ。これではっきりしたわね。朱国にはいないはずの鳥の死体……これは自然に普通によくあることではないと」

スカーレット様の言葉にごくりと唾を飲み込む。

そうだ！　確かに、勝手に庭に迷い込んで死んでしまったという線はなくなった。

嫌がらせではないと私は思っていたけれど……。もしかして、本当に誰かが嫌がらせを？

「ス、スカーレット様、あの嫌がらせって本当にあるの？　わ、私、不吉色の呂国の姫ですから、めちゃめちゃ嫌がらせをされてしまうんではないでしょうか？」

ドキドキとしてスカーレット様に尋ねずにはいられなかった。

スカーレット様が私の質問には答えず苗子に話しかけた。

「……苗子、私、わかってしまったわ。嫌がらせでどんな虫が贈られてくるのかなと、鈴華様は喜んでいるんですわね？」

やだ、なんでスカーレット様私の気持ちがわかるの？　友達っぽいです。嬉しい！

「とにかく、これで黄色と黒の鳥が人の手によって赤の宮へ持ち込まれたことは確実になりました……勝手にやって来て偶然あそこで死んだ可能性はほぼゼロ……間違いなく嫌がらせね」

スカーレット様の表情が心痛なものになる。

「そうかしら？　嫌がらせではないかもしれませんよ？」

私の言葉に、スカーレット様があきれた顔をする。

「だから普通の人は虫を贈られれば嫌がらせだし、獣の死体などもってのほか」

「いえ、だから、えーっと、鳥は、持ち込まれたときにすでに死んでいたのか生きていたのか、それによっても違いますよね？」

スカーレット様が首をかしげた。

「生きている状態で持ち込まれたなら、美しい鳥を見て心を慰めてもらいたいという贈り物の意味があったのかもしれません。この鳥について詳しくはありませんが、美しい声でさえずる鳥であればなおのこと」

スカーレット様がはぁっと小さくため息をついた。

「あなたは、ほんっとうに、お人好しですわね。なぜ、悪意を素直に悪意として受け取らず、善意にすり替えようとするのかしら？　贈り物をするのに、赤の宮の主である私に内緒で、目につきにくい庭にこっそり放つ人がどこにいるの？」

うっ。言われてみれば、確かに。サプライズプレゼント！　と後で教えてあげるつもりだったとか……。プレゼントしようとしてうっかり籠から逃がしてしまったとか……。

スカーレット様が懐《ふところ》から小さな本を取り出した。

手の平に乗りそうなサイズの、ページ数もさほど多くなさそうな本だけれど、本は本だ。

いつも持ち歩いているなんて、スカーレット様は本好き？

「確か書いてあったわ。嫌がらせの一つとして生き物を庭に放つというものが。だけれど、その場合は蛇、ムカデなどの遭遇して不気味な生き物、蜂や蚊など害を及ぼす生き物が定番」

本をペラペラとめくるスカーレット様。

「あの、スカーレット様、その本は、なんの本ですか？」

はぁ、はぁ、やばい。興奮してきた。読みたいです。

スカーレット様が大事に懐から出した本が、どんな内容の本なのか、読みたいですっ！　貸してください！　って、どのタイミングで言えばいいかな。

「ああ、これは本ではないわ」

おうっ、あっさり否定される。本だよね？　見ようによっては紙を束ねただけのメモ用紙にも見えなくはないけど、メモ用紙でも束ねてしまえば本だよっ。メモの塊だって、メモの本だよっ。

「歴代の朱国の姫が……後宮へ向かう次の姫のために書き残したメモです」

なんと！　歴代の後宮経験者のメモ！　すごい価値のあるメモ本じゃないだろうか？

「何が書いてあるんですか？　あの、呂国では仙皇帝妃を目指すこともないので、後宮へ行くのも単なる数年のリゾートとか留学気分でのんびりしておいでみたいな感じで、後宮での過ごし方などを伝えるような書物が残っていなくて……」

スカーレット様がふぅっと小さく息を吐き出した。

「朱国にもないわよ。たぶん他の国にも後宮や仙皇帝宮について詳《くわ》しく書き記した書物はないんじゃないかしら？　しきたりなどは仙皇帝陛下が代替わりすればがらりと変わることもありますし。後宮を去るときにはいただいた物は持って帰ることができることになっていますが、書き記した物は持って帰れませんし」

え？　マジで？

「あーっと、じゃあ、それは、えーっと……、どうやって入手したの？」

「持って帰れないんだから、赤の宮に置いてあるわ。代々手渡しで次の姫に渡しているの。朱国では姫の交代は、赤の宮で行うのよ。百年くらい前、野心のある国王が決めたのよ。ほんの数日でも赤の宮を姫不在にすることがないようにと。その間に別の国の姫が寵愛を受けないようにと……ね」

うわー。そうなんだ。国によっていろいろなんだね。

呂国は、前任者が帰って来てから、土産話を聞きつつ次の人が行く準備する感じだもんなぁ。

「そういうことで、持って帰れないし持ち込めないけれど、赤の宮で直接手渡しで引き継がれているのがこれね」

「すごい、それって、少なくとも百年くらい前から受け継がれているってことですよね？」

キラキラ、キラキラ、私の目は輝いていると思います。

「ちょ、苗子、鈴華様怖いんだけど……」

え？　失礼な。なんでキラキラ輝いている私を怖いだなんて……。

「ギラギラしすぎているのは、いつものことです。申し訳ありません。本のこととなると、人が変わるというか、人でないものに変わるというか……」

おーい、苗子、何気に、人から妖怪に変わるみたいな言い方したわね？

「むしろ、本のこと以外にこれほどの情熱を注ぐこともありませんので、誰かに嫌がらせをする時間があれば本を読んでいたいというタイプであると、ご理解いただければと思います」

ミャ……苗子ィ～何気なく、私は嫌がらせの犯人じゃないよとスカーレット様に伝えてくれるなんて、なんて素敵っ。だいしゅきだよっ！

思わず抱き着いてぎゅーってしたくなったけど、さすがに他国の姫の前なのでしませんよ。

「あら、じゃあ、鈴華様に嫌がらせをするのであれば、虫を送り付けるよりも本を送り付けたほうがよさそうね」

え？　いや、ご褒美の話ですか？

え？

「内容がつながらないように、ところどころ塗りつぶした状態」

「最後の落ちがわからないように後ろの数ページを切り取った状態」

な、な、ななななっ。

「挿絵の人物画にはもれなく髭を書き込み」

にゃ、にゃ……。

「そうねぇ、いっそ、箱を開くと発火する仕掛けを付けて、目の前で本が燃えてしまうというのはいかが？」

やめて、やめてー！　想像しただけで、本が、本が目の前で燃えるなんてっ。

「あら、申し訳ないことをしたわね……」

慌てた様子でスカーレット様が美しいハンカチを取り出し私の顔に当てた。

「ふふ、本当におかしな人ですわね。大丈夫ですわよ。今のはたとえ話で、実際にしたりはしませんわ」

私、泣いてた？　スカーレット様に涙を拭いてもらって初めて気が付いた。

「このメモの束には、歴代の姫たちが受けた嫌がらせの数々が書かれています。そして、その対策法も。歴代の姫の中には、復讐案を記している者もいるわね。……いうなれば、このメモは、後宮における姫の兵法書のようなものね」

「姫たちの兵法書……かっこいい……」

ひょろひょろと伸びる手。スカーレット様の持っているメモ本に。

「これは残念ながら赤の姫以外の目に触れさせるわけにはいきませんわ」

ささっと、胸元にメモの束を戻すスカーレット様。ううう。

「敵に戦略をダダ漏れにする将軍がいると思いますか？」

いない。

「わ、わかりました。寝返ります。あの、私、朱国の養女にしてもらえませんか？」

スカーレット様にすり寄ろうとしたら、襟首《えりくび》をつかまれた。

「鈴華様、せっかく作られた図書室は放棄なさるのですね？」

ふわっ！　そうだった！

「私には、毎月本が入れ替わる素敵図書室があったんだわ！　ごめんなさい、あの、養女の件はなかったことに」

　スカーレット様の顔が引きつっている。

「これ、全力で、本気ですのよね？」

　スカーレット様の声にかぶさるように、

「ぶはっ。面白すぎっ」

　と、声が聞こえてきた。声のボリュームは、小さめだけれど、しっかり耳に届いた。

　レンジュだ。レンジュがどっかで見て笑っている。

「え？　今の声は？　男？　まさか、後宮に男が侵入しているのかしら？」

　赤の宮の侍女が焦ったようにきょろきょろとあたりを見回し始める。

　いや、男のような声してるけど、宦官だから男ではないんですよ。

　声だけじゃなくて、見た目も男みたいだけど、レンジュは宦官だから、男ではないんですよ。

　とはいえ、別の宮の敷地で覗き見して笑っているのは失礼には違いない。

　仕方がない。優しい私がレンジュの失態をカバーしてあげるとしますか。

「ああ、庭に出ていると、ときどき声が流れて聞こえてきますわね。風向きの関係かしら……。仙皇帝宮に努めている方の声なのか、後宮《こうきゅう》回りの外にいる人の声なのか……私も初めて聞いたときは、男の人がいるのかと思ってびっくりしました」

後宮歴八年相手に二日目の私が何を言ってるんだと、言ってから冷や汗が出る。

「そうですわね、もしかすると、庭の奥……仙皇帝宮に近い場所では、仙皇帝陛下のお姿は拝見できませんが、お声なら時折聞くことができるかもしれませんわね」

と、苗子が言葉を続ける。

そっか！　本当に声が聞こえるなんてことがあるんだ。もしくは、レンジュの声を誤魔化そうとした私に合わせてくれた？　どちらだろう。というか、誤魔化せたかな？

「あら、ということでしたら、逆にこちらの声も仙皇帝宮に届くのではなくて？　たとえば庭の奥で歌を歌えば仙皇帝陛下に美しい声の姫として見初《みそ》められる可能性が……香りも届くのであれば、香油で磨き上げて庭の奥に……」

「あ、だめ！　それはだめ！」

強い匂いは苦手って言ってたし。逆効果になっちゃう。

「あら？　仙皇帝陛下に近づく姫が気に入らないのかしら？」

「違うよ、スカーレット様が妃になりたいならば全力で応援するから、だめなの。なんか臭いの苦手だって。あ、臭いんじゃなくて、えーっと、強い香りの香油の匂いが、仙皇帝陛下は苦手だって……聞いたから、あの……」

本当かどうかは確かめてないというか、どうやって確かめればいいのかわからないので、レンジュやマオの言葉を信じるしかないいんだけど。

「それも本の知識？　だけど、それは良かったわ……」

スカーレット様がほっとした顔を見せる。

「私、肌が弱くて……あまりいろいろ肌に塗りこむのが本当はつらくて……。さぁ、無駄話はこれくらいにして、はっきりさせに行きましょう！」

スカーレット様が、ぶんぶんと大きく頭を振ってずんずんと金の宮の庭に向かって歩き出した。

ああ、ちょっと待ってください。

赤みがかった土が、黒の宮では黒味がかった土に変わり、金の宮の庭に入ったとたんに、金の土……いえ、金の砂。

手前は金の砂地が広がり、奥に行くに従い見たことのない木々が生い茂っている。

本で読んだだけではまるっきり想像がつかない世界が広がっている。

土が……いえ、砂……。地面がこんなに美しく金色に光っているなんて……。

「何をあんぐりしていらっしゃるの？　控えの間はこちらよ、いらっしゃい」

スカーレット様に手を取られて、金の宮の控えの間に入る。

「うわぁ」

金の宮の控えの間は……。金ぴかです。なんというか、床がかろうじて板張りで板の色が見えてはいるんだけれど、壁も天井も金箔で覆われている。……金箔だよね？　金でできてるわけじゃないよね？　さすが金国。金の宮……。と、言いたいけれど、ぶっちゃけ目が疲れる。

控えの間で声をかけた金の宮の侍女が慌てて金国の姫の元へと走る。

突然の訪問……に関しては、初日に金国の姫も私を訪ねてきたわけだから咎《とが》められることはないとは思う。

待つこと五分。思ったよりも早く金国の姫は現れた。

表情を見るために、目つきを隠す布を装着しているので目を細めれば、表情はわかる。

ちょっとイラついている？　さすがに急な訪問すぎたかな？

でも、善は急げって言うし。思い立ったら吉日って言うし。仲良くなるなら早いほうがいいし……。いや、訪問の目的は嫌がらせの犯人探しだっけ？

「いったい何しに来たの？　不吉色の姫と不気味色の姫が。闇と血が手を組んで何を企んでるの？　やだぁ、こわぁい」

うん。金国の姫のおちょくったような口調に息をのむ。

これは嫌がらせをしていると思われても仕方のない言動ですよね。

「一つお尋ねしたいことがありますの」

スカーレット様が一歩前へ出て金の姫の正面に立つ。

「背が黒くて、胸が黄色い鳥をご存知？」

金国の姫の顔色が変わった。

明らかに、動揺も見て取れる。え？　ちょっと、本当に嫌がらせの犯人？

「知っているわ……キビタキ。金国にならどこにでもいる鳥よ。それがどうしたっていうのよ」

キビタキというのか。鳥の名前。

「それは、あなたのほうがよくご存じなのではありませんか？」

スカーレット様の言葉に、金国の姫は、額に汗をにじませた。

「私が何を知っているっていうの？　知りたくないわよあんな鳥！　私がこの世で一番嫌いな鳥なんだからぁ。見たくもないし、名前も聞きたくないわっ！」

金国の姫がぐっと私とスカーレット様を睨み付ける。

「まさか、あなたたち、私が死ぬほど嫌っていると知っていて……嫌がらせに、あの忌《い》まわしい鳥の話をしに来たの？　そうなんでしょ？　ひどぉい！　最低ね！」

はい？　なんか、嫌がらせの犯人探しに来たスカーレット様が逆に嫌がらせをしに来た人間にされかかっています。慌てて会話に割り込む。

「すいません、そんなつもりではなくて、えーっと、キビタキと言いましたか？　あの鳥が忌まわしいってどうしてですか？　そこまで嫌うのって、半分黒いから？　黒くて不吉な色をしているからという理由なら、えーっと……」

そこまで金国の人は黒色を嫌っているのかと思うと、少し悲しくなってきた。

落ち込みかけた私を尻目に、スカーレット様がズバリと金国の姫に切り込んだ。

「あなたの言う忌まわしい鳥の死骸が赤の宮で見つかりましたわ。忌まわしいと思っている鳥であれば、嫌がらせに使うには最適ですわよね？」

スカーレット様の言葉に、金国の姫がひゅっと音を立てて息をする。

「う、嘘……。それって、本当にあなたへの嫌がらせだったの……？　本当は私への……何かの手違いでそちらへ渡ってしまっただけで、本当は私への……私に対して……」

「ああっ、エカテリーナ様っ！」

真っ青な顔をしてガタガタ震えだしたかと思うと、金国の姫……エカテリーナ様はふっと意識を失い崩れ落ちた。金国の侍女がエカテリーナ様を支える。

「申し訳ございませんが……」

侍女頭と思われる女性が、苗子に頭を下げ、侍女たちに指示を出した。

「お医者様を。エカテリーナ様は寝室に運んで、冷たい水とタオルを」

苗子が私の顔を見る。

「大丈夫かしら……」

スカーレット様が首をかしげた。

「あの様子だと、嫌がらせをしたのではなくて、嫌がらせされることにおびえているように見えるわね……」

スカーレット様の言葉に頷く。

「私にもそう見えました。キビタキ……あの愛らしく見える小鳥があのように人を恐怖に陥れるなんて……。あんなに愛らしい鳥を嫌がらせの手段として殺すなんて……いったい誰が……」

スカーレット様が難しい顔をしている。いや、私も同じように難しい顔をしているのだろう。

「問題が増えましたわね……。キビタキ……と言いましたか、あの小鳥の死骸は、嫌がらせだったのか、単にあの場所で命を落としただけなのか。嫌がらせだったとしたら、私を狙ったものなのか、エカテリーナ様を狙ったはずが何かの手違いであの場所に来てしまっただけなのか……。そして、嫌がらせだとしたら、犯人は誰なのか」

スカーレット様の言葉に小さく頷く。本当に謎だらけだ。

というか、そもそも嫌がらせなのか嫌がらせではないのかをはっきりさせるにはどうすればいいのか。犯人が見つかれば嫌がらせだとわかる。けれど、犯人が見つからないからといって嫌がらせではなかったという証明にはならない。

「鈴華様、紫の宮へ行くのはまた今度にさせて。いろいろ考えたいの」

スカーレット様の言葉に、うんとうなずく。

「私も、戻ってキビタキについて調べてみます。何かわかるかもしれません」

「そうね……。疑いばかりで真実を探そうとしなければ、疑いが増えていくだけだわ……。鈴華様、一緒に真実を探してくれる？」

「もちろんです！　困ったときに助け合うのが友達です！」

って胸をはって言ったものの、スカーレット様からは、まだ私と友達になるって聞いてなかった！　友達になってくださいって言っても返事もらってないんだもん。顔見知り、知り合いよりは仲良くなれた気はするけど。

　スカーレット様が私の言葉を聞いて笑った。美しい顔が神々しく輝いた。

「鈴華様と友達になれて良かったわ」

　その言葉を残して、スカーレット様は赤の宮へと戻っていった。

　あまりの衝撃に立ち尽くす私の肩を苗子が叩いた。

「鈴華様、私たちも戻りましょう」

　え、ちょっと、苗子、どうしてそう平常心なの？　ここは感動する場面だよね？

「ねぇ、私の聞き間違いじゃないわよね？　苗子。スカーレット様が、と、友達になれて、良かったって……！　私、スカーレット様と友達に！」

　苗子が私の顔を見て小さく首を振った。

「明日には、昨日の言葉は撤回するわと言われるかもしれません」

　うっ！　苗子、ひどいっ！　でも、まったくもってその通りだよね。落ち込む私を励ますように苗子がにこりと笑った。

「そう言われないよう、姫様としての立ち振る舞いができるように協力は惜しみません」

　うぎゃー！　特訓時間が増えるってこと？　苗子、ありがたいけど、ありがたくなーい！

◆◆　◆◆　◆◆　◆◆

「楓、鳥に関して書いてありそうな本を取ってくれる？」

黒の宮に戻り、茴子の特訓を終え、夕食前の一時間、図書室への立ち入りが叶《かな》った。

私専属の司書である楓に声をかけた。ふ、ふふ。専属司書。なんてかっこいい響き！

とりあえず、キビタキについて調べてみるつもりだ。

楓が二冊の本を持ってきてくれる。『おいしい鳥料理図鑑』と『鶏の飼育法』。

うーん。確かに二冊とも鳥の本だけど。そうじゃないっ！

「えーっと、自然、植物や動物の本はあるかしら？　特に金国に関しての」

楓が再び本を取りに行っている間に、せっかくなので『おいしい鳥料理図鑑』をめくる。

いや、食いしん坊じゃないから！

「うえっ……」

料理の挿絵がしっかり入れられた鳥料理図鑑。パラパラと絵を見るだけでも食欲をそそるかと思ったら、むしろ逆だ。丸焼きの挿絵にぎょっとする。そりゃ、鶏のおなかにたくさんの具材を詰めて丸々焼いた料理を食べたことも、アヒルを丸々焼いてパリパリの皮を食べたこともある。

でもどちらも頭はなかったのよ。

頭から足の先まである丸焼き……はちょっと見た目でだめかも。

どうやら小鳥を料理するときは丸ごとが基本らしい。食べる肉が少なくてどこを食べるのかと思えば、頭から足まで骨も内臓も全部食べられるんだって。美味しいって書かれてるけど。さすがに食べてみたいとは思わない。見た目が……。

「自然の本は一冊だけでした」

楓から本を受け取る。どうにもキビタキの情報は本ではあまり手に入りそうにもない。

「楓、金国に詳しい人は黒の宮にいたかしら？」

「前に金の宮で働いていたとか金国の出身とかですか？　聞いてきます！」

楓がぴゅんっと図書室を走り出ていった。

「なんだ、今度は鳥料理を作るつもりか？　必要なのはスズメか？　ムクドリでもヒバリでもツグミでも捕まえてきてやるぞ？」

「うおうっ！　びっくりした！　違うわよ！　レンジュっ！」

いつの間にか私の背後から本を覗き込んでいたレンジュが口を開いた。気配を消すのがうまいから本当に気が付かないんだよね。

「まぁ、俺が捕まえなくたって食べたいって言えばすぐに手配してもらえるんだが……」

「いや、だから、食べないってば！」

姿焼きは遠慮したい。

「じゃあ、他に何が食べたい？　鈴華が食べたいってんなら竜だって捕まえてきてやるぞ」

レンジュがにやっと笑う。

「は？　竜を？　え？　どういうこと？　伝説上の生き物でしょう？　ううん、もしかしたら、仙山には竜も住んでるの？　食べられるの？　っていうかレンジュは食べたことあるの？　え？　でも神の使いっていう伝承もあるし……罰が当たったりしない？」

ぶはっとレンジュが笑った。

「罰が当たらなければ食べてみたいってことか？　竜だぞ、竜！」

「き、気になるじゃないの。食べられるならさ、どんな味なのか……」

レンジュが私の頭をぽんぽんと叩く。

「くはははっ。本当に、お前は面白いな。期待させて悪かった。伝説上の竜は食べられない。俺が捕まえてくるのは竜は竜でも土の竜や石の竜の子だ」

「え？　土の竜？　やっぱり竜って本当にいるの？　石の竜の子って、親でなくて子？」

すごい、仙山すごい！　と、キラキラした目でレンジュを見ていると、レンジュが耐えきれないといった様子で腹を抱えて爆笑し始めた。何この反応？　……って。土の竜、土竜《もぐら》……。

「ああーっ！　土竜……石竜子《とかげ》……って、モグラとトカゲのことじゃないの！　ひ、ひどい！　からかったのね！」

お腹を抱えて笑っているレンジュの肩を抗議するようにぽこぽこ軽く叩く。

「いや、すまんすまん。ってか、さすがに鈴華は知ってたか。そりゃ本を読んでりゃ知ってるか」

「知ってるわよ。土竜は食べられるけれど美味しくないっていうことも。トカゲだって、食べられるけど……その丸焼きはちょっと苦手で食べたことはないけれど……」

「ぶははっ、土竜は食べたことある口ぶりだな。あはは、いや。本当鈴華は面白いな。だからこそ、俺は……」

ふっと笑いを止めるとレンジュは私の顔をじっと見た。

「何かお前のためにしてやりたい。土竜はまずいって言うが筍《たけのこ》を食べて育つ土竜は美味しいと聞く。お前が望むなら捕まえてくるし、鶏よりも大きなトカゲもいるのを知っているか？」

「鶏よりも大きなトカゲ？　それって鰐《わに》という生き物とは違うの？　鰐は白身魚みたいな味だって本には書いてあったけれど、大きなトカゲも一緒？　ねぇ、レンジュは食べたことがある？」

再び目を輝かせてレンジュに尋ねると、嬉しそうな顔をしてレンジュが私の顔をじっと見ていた。何？　また笑いだそうとしてる？

「鈴華」

突然レンジュが私をぎゅっと抱きしめた。ど、どういうこと？

「俺はお前のためにいくらだって欲しいものを捕まえてやる。鰐もトカゲも食べ比べがしたければ両方捕まえてやる。だからさ……」

レンジュが言葉を切った。私の背に回された手に力がこもる。きゅっと。壊れそうなものを大切に運ぶように壊さないように。でも手放さないようにという感じで力がこめられた。

「俺の嫁になれよ……」

何度かレンジュの口から聞いた言葉だ。宦官って結婚できるの？　って思ってたけど、もしかしたら結婚できるのかもしれない。

だって、呂国の法律で禁止されているのは同性による婚姻だけだし。問題ないのかも。

「いや、まって、違うよ、レンジュ！　問題だよ！　宦官の世界じゃどうだか知らないけれど、結婚って好きな人とするもんだよ？　もしくは、なんらかの政略があってするものなの！」

レンジュと結婚したら仙皇帝宮の地下図書館に出入りできるっていうのが本当なら、私には得になるけれど。レンジュにとっては本の妖怪と結婚するなんてなんのメリットもないじゃないの。

「お前はさ、俺がお前のこと好きだとか、お前のこと利用しようと考えてるって少しも思わないのか？」

レンジュが私から体を離すと、両手で私のほっぺをはさんだ。つぶすように両側から押さえるから、きっとへんちくりんな顔になってるに違いない。何をする、レンジュ！

「私のことを好きなんてありえないでしょう！　スカーレット様みたいに絶世の美女じゃないし、エカテリーナ様のような透明感のある可愛さもないし」

「いや、お前も負けないくらいかわいいと思うが」

目が悪いのかな。レンジュ。

「それに、立ち振る舞いや頭の良さや上品さやスタイルの良さ、何をとっても苗子に負けてるわ！

あ、そうだ、レンジュ、苗子なんてどう？　もし宦官として一生一人で生きていくのが寂しくて結婚したいなら苗子がいいと思うわ！」

レンジュが目をまんまるにしている。心なしか震えてる？

「お、俺が、苗子と……？　ありえないだろう、どうしてそんな発想に……」

「ほら、いつも苗子の背に隠れて頼りにしてるじゃない！　頼れる嫁なんて最高よ！」

「今すぐこの口をふさぎたいから、キスしていい？」

は？

「なんで！　どうしてそうなるの！」

レンジュの手を振り払って逃げる。

口をふさぐキスって、いくらキスが挨拶な国でもよほど親しい人としかしないものじゃないの？　っていうか、呂国では、夫婦しかしない行為だよっ！　恋人同士だってしないよ！　結婚するまで口にキスなんて！　無理、無理、無理！　いくら挨拶だと言われたって、こちとら生まれも育ちも呂国の生粋の呂国娘だぞ！

背に本棚。私の後を追ったレンジュが両手を私の横の本棚について逃げ場をふさぐ。

「退屈なんだ」

「はい？」

「毎日同じことの繰り返し。それが何年何十年と続く。退屈で退屈で……鈴華はいつまで続くかわからない退屈な日々が想像できるか？」

ずっと続く退屈？

病気で布団の中にいるしかなくて、本すら読めない状態を想像する。確かに退屈だけれど、病気が良くなったらあれをしようこれをしようと想像していればちょっとは楽しい。

「退屈な日々が続くことはもはや生きているのか死んでいるのかさえもわからなくなる」

え？　それほど退屈な日々が続くことなんて想像できない。

「いいや、いっそ死んでしまえれば楽になるんじゃないかと思うことすら……」

レンジュの顔はまるで本当に死を願っているように表情が抜け落ちていて怖い。

「だ、だめだよ！　死んだら！」

レンジュの顔に表情は戻らない。

「レンジュが死んだら、私は悲しいし、それに、し、死んだら本も読めなくなっちゃうよ？」

ぶはっと、レンジュが噴き出した。それから、私の肩にレンジュが頭を乗せて笑い続ける。

「鈴華らしいっちゃらしいけど、死のうとしてる人間を止めるための言葉じゃないだろう」

うっ。だって、思いつかなかったんだもん。

ぶすっとほっぺを膨らますと、レンジュが私の顔を下から覗き込んだ。

「すまんすまん。お前にとっては一番の言葉なんだよな……。俺を本当に死なせたくないって思ってくれたってことだ。ありがとな」

ぷいっと顔をそらす。

「おい、鈴華、笑ったことを怒ってるのか？　怒った顔もかわいいけど」

かわいくないっ！　ご機嫌取ろうとしたってだめ。私は怒っている。

「……悪かった。ほら、機嫌を直せ」

ちらりと困った顔になっているレンジュを横目で見る。

「もう、二度と死のうなんて考えないって約束してくれるなら許してあげます」

レンジュが私の頭に手を置いた。

「……死なないから大丈夫だ、ここにいる限りな。……俺も、あいつも……どんなに退屈な日々が続こうと……」

死ねない？

そういえば仙山には地上の穢《けが》れが上がってこないって言ってた。病気にならないってことだよね？　怪我も死ぬような大怪我することはないか。戦争してるわけじゃないし。レンジュは身体能力高いし。そして、仙皇帝宮にいる時間も長いのかな。だとすれば時が止まっている時間が長くて普通の人よりも随分長く生きるだろう。だからすぐには死なないってことかな？

……退屈で死にそうって言葉は確かに聞くけれど。

もし、仙皇帝宮で何百年も同じ日々を繰り返して退屈になってしまったら……。

あれ？　もしかして……。

「レンジュが仙皇帝……」

びくりとレンジュが跳ねるようにして私から体を離した。

「違う、本当に俺は仙皇帝じゃない！」

「何驚いてるの？　レンジュが仙皇帝なわけないじゃない。だって、黒の宮にこんなに顔を出せるほど暇じゃないでしょう、仙皇帝陛下は」

レンジュがあーと視線をそらしながら「まぁ、一日一回は来られる程度には時間が取れるが」とつぶやく。

「レンジュが仙皇帝だったら思いつかないかもしれないけど、私みたいな人が過去に仙皇帝だったことがあるんじゃない？」

「は？」

「ほら、あの地下にあるっていう世界中の本が集められてる図書館。本さえあれば退屈なんて感じないってタイプの仙皇帝が過去にいたのよ！　それで地下図書館を作ったに違いないわ！」

うんうん。

「そう考えたら、急に仙皇帝にも親近感がわいてきた！　仙術を使う神に近いお方に会いたいなんてこれっぽっちも思ったことなかったけど、本が好きなら本の話をしてみたい！」

レンジュがちょっと不服そうな顔をする。

「なんだよ、まさか仙皇帝妃を目指すって言うつもりじゃないよな？」

いや、何言ってんのレンジュ。私は本の話ができるかもって言っただけだよね？

「おまえは俺の嫁になればいいんだから、あいつに興味なんて持たなくていいからな！」

「あいつって誰？　まさか仙皇帝陛下のことをあいつ呼ばわりなんてするわけないよね？　ってことは、どこかに本が好きな人がいるってこと？　心の友になれる人がいるってこと？」

扉の外に足音が聞こえてきた。

「俺を退屈から救ってくれる姫は、俺のものだ」

レンジュは私の頬に唇を落とすと、そのまま天井裏に消えていった。

ひーっ！　また、キ、キ、キス！　レンジュにとっては単に別れ際の挨拶なんだろうけど。

真っ赤になって頬を抑えるのとほぼ同時に楓から声がかかった。

「鈴華様、金国出身の者を連れて来ました！　あともう一人金の宮で数年働いていた者は調理場にいるそうです。すぐ来るはずです」

入室を許可すると、楓と下働きの一人が図書室に入ってきた。

「楓から聞いたと思うけれど、金国のことについて教えてほしいの」

下働きのカティアは金国らしい髪色を一つに結びお団子にしている。

「あー、その前に苗子さんから、これをどうするのか鈴華様に確認してほしいって頼まれたので、どうしましょう？」

楓が手に小さな籠をぶら下げていた。机の上に置いてもらい、かぶせてあったハンカチを取る。

「ひぃっ！」

下働きのカティアがガタガタと椅子を倒しながら尻もちをついた。

「うわー、なんですか、これ……」

楓が籠の中を覗き込んで眉をしかめる。

「忘れてたわ。でもちょうどいい。カティア、この鳥知ってる？」

キビタキの亡骸を持ってきてたんだった。小刻みに震えながら、カティアは小さく頷いた。

「はい。あの、……不幸を運ぶ鳥です。姿を見た者には災難が降りかかり、鳴き声は美しいのですが、その鳴き声を聞いた者は死ぬと……」

「え？　美しい鳴き声？　どんな鳴き声なんだろう？」

首をかしげると、カティアが震えながら教えてくれた。

「なんでも、カナリアのように澄んだ高い声でピーロロピロピロと鳴くそうです。時にはピッコロロと……それで、コロッと息が止まると……」

楓がそれを聞いて大きな声を出した。

「なぁーんだ。死んでないじゃん。鳴き声聞いた人が死ぬっていうなら、鳴き声知ってる人いるわけないもん」

その言葉に、カティアの震えが止まった。私はなるほどと、頷き楓を褒める。

「確かにそうだわ。鳴き声聞いてコロッと息が止まったらどんな鳴き声だったかなんて伝えようがないもんね！　楓は賢いなぁ！」

楓がてへへと照れたように笑った。

キビタキの亡骸に視線を落とす。体の半分が美しい橙がかった黄色い羽根。背中は黒い羽根。

「不吉色の黒。ただ、体の一部が黒い、それだけで不幸を呼ぶ鳥なんて言われてるの？」

と、思わず言葉が漏れる。

マオの顔が思い浮かぶ。髪が黒いことを気にしていたマオ。

金国のエカテリーナ様は呂国の色を「不吉色」と言った。呂国にいれば黒なんてありふれた色。髪の色も目の色も。何が不吉なんだろう。

黒い土は豊かな土壌。黒い食べ物は栄養豊富。夜の黒さだって、人々に眠りと休息の時間を与えてくれる。

「もしかしたら、毒蛇のようにつつかれたり引っかかれたりすると危険なのかしら？　フグのように食べると死んでしまうとか？」

「キビタキですね。毒の心配はないですよ」

部屋に料理人の一人が入ってきた。金国で働いていたことがあるという人は、料理長だった。

「本当？」

「食べましたけど、雀に似て美味しかったですよ。これ、調理してくれということですか？」

料理長がキビタキを見た。

た、た、食べた？　雀に似た味と言われてもわからないですけど。

「呂国では小鳥は食べる習慣がないのだけれど、金の宮で働いているときに食べたの？」

料理長が頷いた。

「はい。金国ではいろいろな料理に小鳥が用いられています。鳥の種類も様々に用いますがどの鳥も美味しいんですよ。でも、誰もキビタキは食べようとしないんですよね」

料理長の言葉にカティアが小さく叫んだ。

「当たり前です。金国を闇が浸食していく不吉な鳥を食べたら、私たちも闇に犯されてしまう。そんな恐ろしいこと……」

料理長が苦笑した。それから、楓が首をかしげた。

「黒い物を食べて闇に犯されるんなら、生まれたときから食べてる私は闇そのものだね！」

それを聞いてカティアが口を押える。

「あ……そうですよね。黒ゴマ団子も餡子も美味しかったですけど、別にいつもと変わらないどころか前よりも仕事が楽しいと感じてとても闇に犯されてる感じはないです……と、いうことは、もしかしなくても……キビタキは食べても大丈夫なのでしょうか？」

カティアがじーっとキビタキを見た。いやいや、とたんに美味しそうな物を見る目になるのはどうしてなの？　カティア……。小鳥だよ？

「羽をむしっちゃえば一緒なのに……」

料理長の視点が独特すぎる。キビタキは食材にしか見えてない。絶対にそうだ。

「鈴華様早速料理しましょうか？」

ひぃー！　いらない、いらないって！

「だ、だ、だめ、これはえっと、そう、あの、死んでいたの。庭に。だからいつどうして死んだかわからない物を食べるのは危険でしょう？」

料理長がああと頷いてキビタキを手に取った。

「羽根の状態からすると、若い鳥ですね。老衰ではなさそうです。肉の弾力から死んでから何日も経っているわけでもなさそうで」

お、おお。まるで医療を心得ている人みたい。かっこいい、料理長！

「ですが、確かに死因がわからないと食べるのは危険ですね……病気で死んだのなら」

病気？　そうだ。老衰か殺されたかの他に病気という線があった。本に書いてあった。鳥にも伝染病があって、瞬く間に鳥の間に広がり多くの鳥が死んでしまうと。

「あれ？　仙山には病《やまい》は上がってこないって……言ってたよね？　鳥は飛べるから、病も上がってくる？」

何か忘れてる。なんだっけ。

「そうだ、入ってこられないんだ！」

結界があって、人以外の生き物は庭を行き来できない。ということは、たとえ鳥が後宮まで飛んで来られるとしても、入り込むことができないはず。

「野鳥は後宮には入れないはずだから、病気を運ぶ鳥が入り込むことはない」

私の言葉に、料理長がキビタキの入った籠を持ち上げた。

「病気で死んだのでないならまだ新鮮そうですし大丈夫ですね。すぐに調理してきます」

にこりと笑った。ぎゃーっ！

「待って、待って、待ってぇ！　証拠品だから、それ、ね？　証拠隠滅になっちゃうから、ね？　食べないの。諦めて！」

「証拠品？　よくわかりませんが、そうですか……」

と、料理長が籠を残念そうに机の上に置いた。

ほっ。良かった。せっかく作ってもらった物を、見た目が無理だからと食べないという選択肢はないのよ。頑張って食べるという選択肢しかない。

カティアも残念そうな目で籠を見ている
え？　カティアまで？　そんなに小鳥の料理は美味しいの？　っていうか、さっきまでキビタキを怖がってなかった？　震えてたよね？

「あっ、なら金の宮に行って捕まえてきましょうか？」

めげない料理長！　っていうか、待って！

「さすがに、その、他の宮の鳥を捕まえるなんてだめでしょう？」

しかも、食べるためとか。

……いや、他の宮じゃなくてもだめなんじゃない？　死んで空から落ちてきたなら仕方がないかもしれないけれど……。

「感謝されることはあっても断られることはないと思いますよ？」

「ほぁはぁ？」

料理長の言葉が意味がわからなすぎて間抜けな声が出る。

「金の宮ではキビタキは嫌われていて……そうですね、他の宮のネズミのようにと言えばわかるでしょうか？」

「え？　ネズミ？」

よく見るとかわいいですよねと、ここでは言うべきではないとさすがに私も知っている。ネズミは病気を運ぶ害獣だ。食料も荒らす。見た目がいくらかわいく見えたってかわいがったりしない。

「はい。ですから捕まえて処分すれば感謝されます」

……処分が食材として食べることだってばれたら、逆に白い目で見られるんじゃないかな？

いや、間違いなく不名誉な噂が立つ。

うん。そう。呂国のためだからね？　私が食べたくないから我儘を言うわけじゃないからね？

あれ？　今何か引っかかった……。

ネズミ？　ネズミといえば……。

動物の死体で嫌がらせをするときの定番。ネズミやカラス……。

もし、金国ではキビタキがネズミのようなものだと思っているのだとしたら。

「ネズミの代わりに嫌がらせに使うのも自然な流れということになる？」

であればスカーレット様に嫌がらせをした犯人は金国の……。

ごくりと小さく唾を飲み込む。

でも、もしそうならばなぜエカテリーナ様は、キビタキの死体を見たときにあれほどのショックを受けて倒れてしまったの？

嫌がらせを命じたのであれば、追及されることも当然頭にあると思うけれど。あのときの様子は本当に驚いていたように見えた。まぁ細かい様子が目が悪くて見えなかったから演技である可能性はゼロではないけれど。

周りの侍女たちも慌てていた。全員が打ち合わせて演技をすることなんてあるだろうか？

料理長に声をかける。

「やっぱりキビタキを捕まえてきてもらってもいい？」

「はい！　もちろんです！」

ニコニコと嬉しそうに返事をする料理長。

「食べるためじゃなくて、キビタキは呂国の色でもあるから欲しくなったとでも言ってね？」

がっかりする料理長。その後ろでカティアもうなだれている。いやいや、ちょっと！

「そのときに、金国の使用人にも手伝ってもらってほしいの」

情報が足りない。だったら、情報を集めればいい。

「手伝ってくれる人は、比較的キビタキを見ることが平気な人でしょう。ということは、過去にもキビタキを捕まえている可能性がある」

料理長の目を見てお願いする。

「だから、聞いてきてほしいの――」

◆◆　◆◆　◆◆　◆◆

料理長に聞いてきてもらった結果。

「やっぱりそうだったんだ……」

想像通りだった。

キビタキは、金の宮では嫌われている。そのため目にすることがないように庭から追い出すことが日常。どの国でもネズミは害獣として処分するけれど、見た目が愛らしいキビタキは出身国によっては処分するのがかわいそうだと思う者もいる。中には美味しそうだと食べる人すらいるというのは意外だけれど。

とにかく、今の金の宮ではキビタキは殺さず庭から追い出しているらしい。

「赤の宮の庭で死んでいたキビタキ。あれも金国の庭から追い出された一羽だろう。あとは人の手で殺されたわけではないとわかれば、嫌がらせではなかったことが証明できる」

布団の中に入っても眠気はなかなか襲ってこなかった。

あれから鳥に関する本を二冊読んだ。キビタキに関しての記述はなかったため、一般的な鳥の話しかわからなかった。

鳥には肉食と草食と雑食がいる。肉食は猛禽類であれば動物を。小さな鳥であれば虫を食べる。草食は木の実や草の実など。雑食はなんでも食べる。

渡り鳥は季節によって住む場所が変わる鳥だ。後宮の庭は一年中同じ季節で保たれている不思議な空間だ。渡ることはない。渡ることがないのに違う気候の庭に追い出されたから死んだ？さすがに、金の宮よりずっと寒い雪に閉ざされた銀の宮なら凍死の可能性は大いにあるけれど。赤の宮の気候は金の宮と大きく変わっているとは思えない。湿度や気温に多少の違いはあったけれど。生きていけないほど大きな気候の変化はなかったはずだ。

考え事をして眠れないでいると、カタリと窓の外で音がした。

「誰？」

声をかけても返事がない。寝台を降りて窓を開ける。部屋には結界があってレンジュと苗子しか入ってこられなかったはずだから、もし悪者だったとしても平気だろう。音の原因が気になって仕方がないよりも確かめたほうが早い。

「あ……」

木戸を開くと、マオが月明かりの中立っていた。

「ごめん、起こしちゃった？」

「ううん、起きてたから。それよりも、どうしたの？　こんな時間に？」

起こしちゃったって聞くってことは、起こすつもりはなかったんだよね。

「鈴華……会いたくて、来ちゃった……ごめんね」

私に会いたくて？　でも、起こす気がなかったなら会えなかったよね。それなのにここまで来たの？　なぜ？

はっ！

「つらいことがあったの？　誰かに嫌なこと言われた？　大丈夫？　マオ？」

それで夜中にふらふらとここまで来たの？

腰まである窓の桟《さん》が二人を阻んでいるだけだ。腕を伸ばせばマオに届く。

手を伸ばしてマオを抱きしめた。一瞬マオの体が驚きで固くなったけれど、すぐに私の背に腕が回される。

「ごめんね……」

「何を謝っているの？　マオは何も悪くないよ？　マオを悪く言うやつが悪いんだから！　謝る必要なんて何もないんだよ！」

「見つかったら、鈴華が大変な目に合うって知ってるのに……」

大変な目？　マオの味方をしたなと、私も虐《いじ》められるようになるってことかな？

「大丈夫だよ！　私のことは気にしなくていいからね？」

本の妖怪といくら陰口をたたかれようとも平気だったし。婚約破棄されても平気だったし。

「気にしないわけないよ。鈴華は、仙皇帝妃になりたいからここに来たんじゃないんでしょ？」

「うん」

「だから、僕がこんな時間に宮に来たことが誰かに知られたら鈴華に迷惑をかけちゃう……」

「うん？　えーっと、宦官のマオは仙皇帝と宮のつなぎ役で、つなぎ役が宮を夜に訪れるということは……、仙皇帝からの渡りを疑われるとかそういうこと？　大丈夫だよ。誰もそんなこと勘違いしないよ。というか、そう、仙皇帝に欲しい本のリクエストをするために宦官を呼んだとかなんとか言えばね？　みんな信じるよきっと！」

マオの手に力が入った。ぎゅっと。

体を引き寄せられ、桟がお腹に少し食い込んだ。

「こんな夜中に本のリクエストをするなんて誰も信じないと思ったでしょう？　大丈夫。続きが気になって仕方がないから、すぐに届けてほしいとお願いしたと言えばいいのよ！」

「鈴華……」

「だからね、マオ。何かつらいことがあったらいつでも来ていいんだよ」

ぽんぽんと背中を優しく叩く。

「鈴華はそんなに仙皇帝妃になりたくはないの？」

「んー、なりたくないというか、なろうと思ったことがない。そもそも呂国では仙皇帝妃に呂国の人間がなるなんて誰も思ってないし」

「じゃあ、考えて……」

「え？」

なぜ、私が仙皇帝妃になることを考える必要が？

「傍にいてほしい」

マオのそばに？

「あ！　もしかしたらマオの職場は仙皇帝陛下の近くなのね？　もし私が仙皇帝妃になれば近くにいられるってこと？　だったら、任せて！」

ぱっと体を離して胸を叩く。

「仙皇帝妃になってくれるの？」

マオの言葉に首を横に振った。

「仙皇帝妃の侍女になるために今頑張ってるところだから！　いつかマオの近くで働けるようになってみせるね！」

マオががっかりした顔をする。

「あ、私には無理だと思ったでしょう？　頑張るから！」

「侍女……を目指すって……。鈴華は仙皇帝が嫌いなの？」

「嫌いも何も会ったこともないし、どんな人かわからないもの。仙皇帝として世界のために仕事をしてくださっていることには素直に感謝しているけれど。ああ、そういう意味では嫌いではないわ。ただ、好きかと聞かれても困るかな？」

　マオが一冊の本をどこからか取り出して私に差し出した。

「え？　本？　本を、私に？　何、どういうこと？　これ、貸してくれるの？　貰っていいの？　それとも見せびらかしているだけ？」

　マオが本をぱらぱらと開いた。

「ごめん。期待させちゃったけど、本じゃないんだ。これは日記帳。鈴華と交換日記がしたい」

「交換日記？」

　うんと、マオが頷いた。

「レンジュのように鈴華とたくさん会えたらいいんだけれど……難しいから。もっと僕のことを知ってもらって、鈴華のことが知りたいのに……。だから、その……」

　マオが日記帳を閉じると、私の胸元へと差し出す。

「嫌かな？」

「す……素敵！」

マオの手から日記帳を受け取る。

「日記といっても本よね！　誰かが読む物は本よ！　マオが本を書いて、そして私も本を書くのね！　この一冊が埋まれば二人で一つの本を作ったことになるんでしょう？　素敵！　私とマオの本を二人で作っていくのね！」

私、今まで本を読むことが好きだけど、自分で本を書くなんて考えたこともなかった。私には無理だと思っていたから。

でも、スカーレット様の持っていたメモも束ねてしまえば本だと思ったのは私だよ。

本には物語や辞書のような物以外にもいろいろある。日々感じたり思ったことを書き残した「随筆」というものもあるし、それに「日記文学」と呼ばれるものもあるじゃないっ！

私にも本が作れるんだ！　すごい！　マオも嬉しそうに笑っている。

「どんな人か良くわかれば、仙皇帝妃になりたいって言ってくれるかもしれないよね？」

マオが背を向けて窓から離れる。

「え？　どういうこと？　まさか、マオは日記に仙皇帝のことを書くつもり？」

「受け渡しはあの木の上で」

私の質問には答えず、マオは姿を消した。

まさかマオは仙皇帝のことを交換日記で教えてくれるの？　正直興味ないんだけど。マオのことをいっぱい書いてくれればいいのに。

……あ、でも。仙皇帝情報……口止めされなければスカーレット様とかに教えてあげれば仙皇帝妃の侍女になる計画が前進するのでは？

「ってことはさ、この交換日記……百年先くらいには、仙皇帝と仙皇帝妃の恋を後押しした日記として世に残るのでは？　くふっ。ふふふっ。すごい、素敵！　きっと、百年後の乙女が胸をときめかせながら読むのよ！　いやー、何を書こうかしら！」

何を書こうかなぁ。やっぱり読む人のことを考えると、まずは日記を書いた人物がどういう人なのか気になるわよね？　自己紹介からかしら？

「私の名は鈴華。呂国の第一姫として生まれた。人は私を『本の妖怪』と呼ぶ」

と、物語風に書いてから……。待てよ？

「マオはこれを読んで楽しいかしら？　百年後に読む人が楽しめるようにって言っても、肝心のマオがつまらなきゃ意味がないわよね？　そもそも、日記文学は日記だからいいのであって、物語風にしちゃ台無しなのでは……！　ああああ、交換日記、何を書けばいいのぉ！」

頑張ったけど、結局好きな本のタイトルいくつか。その紹介文を書いて終わった。難しすぎる。

悩んだ末空が明るくなってきたのでそれ以上は諦めた。

「きっと、これ違う……心をときめかせて百年後の乙女が読む日記文学じゃない。書評だ……」

まさか、私にこんなにも才能がないとは思わなかった……。

しょんぼりしながら庭に出る。日記の受け渡しはあのクスノキ。

脚立が必要だな。と、取りに戻ろうとしたところ、ちょうど脚立を持った料理長と出会った。

「おはようございます。鈴華様」

「おはよう。脚立を持ってどうしたの？　使い終わったなら貸してもらっていい？」

料理長がお運びしますと私と並んだ。

「コロッケを作らせていただいたときに鈴華様に教えていただいたイヌザンショウの香りが良かったものですから、使ってみようかと思いまして」

料理長が籠に入れた、収穫したイヌザンショウの実を私に見せる。

「イヌザンショウか。手配すればなんでも手に入るんだったわよね？　だったら、山椒《さんしょう》をお願いするといいわよ。イヌザンショウは代理にしかならなくて香辛料としての味は楽しめないし、香りも山椒よりは弱いから。山椒だとピリリとして香辛料として使い道が多いし、香りも……」

籠から黒い実を手に取り、足を止める。

「料理長、これは使ってはだめ」

「え？」

もしかしたら……！

「昨日のキビタキはどうしたかしら……苗子……苗子っ！　料理長も来て！」

料理長から籠を奪って中身を捨てる。

「あ、あのっ」

苗子の名を呼びながら調理場に戻る。キビタキの亡骸を料理長に手渡し〝処理〟をお願いすると、苗子にはスカーレット様に使いを出してもらう。

これで、死因がはっきりするかもしれない。

嫌がらせではなかったとわかれば、スカーレット様もエカテリーナ様も安心できるだろう。

図書室に向かうと、朱国の自然について書かれた本に目を通す。目的の記述が書いてあることを確かめると本を持ってすぐに苗子と合流する。

「苗子、スカーレット様に話は通してくれた?」

「はい。朝食前という非常識な時間ではありますが、面会の許可をいただきました」

あう。非常識に力が入ってるよ。ごめん。でも、わかったんだよ。キビタキの死の真相が!

……っていうか、あれ? 朝食前じゃなくても良かったのか? いや、善は急げって言うし。

◆◆　◆◆　◆◆　◆◆

「関係者の皆様お集まりいただいてありがとうございます」

赤の宮の謁見室には、スカーレット様と、キビタキを見つけた使用人たちが待っていた。呂国からは私と料理長と苗子が向かった。そして……。

「え？　エカテリーナ様がどうして？」

　呼んだ覚えのないエカテリーナ様の姿もある。

「当たり前じゃない。金の宮の使用人を呼びつけたんだもの。怖いあなたたちに、ひどい目にあわされないか心配でしょう？」

　お、おお。

「エカテリーナ様は使用人思いの優しい方なんですね！」

　黒が不吉だとかいろいろきついこと言うから、意地悪な人かもしれないとちょっと思ってたけど、そうじゃなさそう。

　嬉しくてにやにやしたら睨まれた。

「こ、こんな早朝に呼び出すなんて、悪いことを考えているに決まっているんだからっ！」

　うっ。苗子が私に冷たい目を向けている。あれは「だからこんな非常識な時間に」って目だ。目を細めて見なくても苗子の表情はわかる。

「申し訳ありません。えーっと、金の宮の使用人に来ていただいたのは証言していただきたかったただけなんです。キビタキについて」

　机の上に苗子が籠を乗せる。キビタキの死体に布をかぶせてある。姿は見えないけれど、この場にいたみんなは籠の中身が何か理解したようだ。

　エカテリーナ様の顔色が悪くなる。

「エカテリーナ様、キビタキという鳥は、その色合いから不幸を呼ぶ鳥だと言われているそうですね。ピッコロという鳴き声を聞いた者はコロッと死んでしまうと」

エカテリーナ様が頷いた。

「そうよ。元は金色に輝いていたキビタキは、ある日呪われて体が闇に呑《の》まれていったって言われてる。同じように我が国も闇に呑まれ破滅に向かっているんだって……キビタキがいる限り呪いは我が国に降りかかり続ける……」

エカテリーナ様の顔色が悪くなっている。しかし、鳥が国を破滅に？　あり得ないよね。

「い、今も不作が続いて、国民が飢えに苦しんでいる……だから、どうしても仙皇帝妃にならないと……私が。そうでなければ……国が破滅してしまう……！」

なんと！　金国は不作が続いて大変なのか！　だから、皇太子妃を輩出して仙皇帝陛下の加護を受けようと必死になっているの？　とすると、エカテリーナ様には国民を救うためにというものすごいプレッシャーがかかっているってことよね……。

やっぱりエカテリーナ様はお優しい方だ。苦しむ国民を思い出し、何もできない自分を恥じる。キビタキは国が破滅に向かっている象徴とも言える色をしている。目に触れたくない思いは人一倍なんだろう。だから、キビタキの話で倒れてしまった……。

「使用人は、金の宮の庭でキビタキを見ないようにしていましたね？」

金の宮の使用人に声をかける。

「どのように処理していたか教えていただいても？」

使用人が小さく頷いて聞きたい答えを教えてくれる。

「はい。あの、捕まえて他の宮の庭に放しました」

「赤の宮に放したことも？」

「はい」

スカーレット様の顔を見る。

「これで、人の手を介さないと行き来できないはずのキビタキが赤の宮の庭にいたことの説明はつきます」

スカーレット様が頷いた。これで謎が一つ解けた。

「では、なぜ死んだのか。それは、これを見てください」

持ってきた本を広げ、そして、赤の宮の庭から摘んできたウグイスカグラの枝とヒョウタンボクの枝を並べる。枝には葉と赤い実がついている。

そして、その横に黒の宮の庭で摘んだユズリハの黒い実とイヌザンショウの黒い実を並べる。

「こちらはユズリハの実。そしてこちらはイヌザンショウの実です。知らない人が見分けるのは難しいと思います」

「確かにね。両方とも黒い実だわ。だけど、赤い実と間違えることはないし、この赤い実は全然形が違うから見分けられるわよ？」

スカーレット様がウグイスカグラの丸い実と、ヒョウタンボクのひょうたんのように二つの丸がくっついたような実を指さした。

「ユズリハの実は毒があり食べると最悪死にます」

私の言葉に料理長が口を押えた。そう。料理長がイヌザンショウを摘んでいるつもりで集めていたのはユズリハの実だ。

「よく知らなければ見分けられません。ウグイスカグラとヒョウタンボク、実の形がこれだけ違えば確かに見間違えることはないでしょう。ですが、どちらが毒のある実なのかわかりますか？」

私の言葉に、スカーレット様が実をじっくりと見比べてから広げた本を見た。

「書いてあるわ。ヒョウタンボクには毒があるのね」

その通り。本を読んだり誰かから教えてもらえば特徴的なヒョウタンボクの実を間違えて食べるようなことはないはずだ。

「……鳥は本を読めない……。赤の宮で間違えてヒョウタンボクの実を食べてキビタキは亡くなったと言いたいわけ？」

エカテリーナ様がつぶやいた。

料理長に合図を出して、布に包んだ小さな粒をみんなに見せた。

「これは、死んでいたキビタキの胃の中に残っていた物です」

それから、みんなの目の前でヒョウタンボクとウグイスカグラの実から種を取り出す。形の違う種。キビタキの胃から出てきた種と同じ形だったのは言うまでもなく……。

「鈴華様は言っていたわね……」

スカーレット様が重たい口を開いた。

「後宮の庭を動物が自由に行き来できないのは、環境が変わると生きていけないことがあるからと……」

スカーレット様が籠に視線を落とした。

「金の宮の庭から赤の宮の庭に移されたために、食べていい物か食べてはだめな物かわからず毒の実を食べて死んだのね……」

スカーレット様の言葉に頷く。

「はい。決して嫌がらせではなかったと私は結論付けます」

スカーレット様がふっと笑う。

「そうね。どうやら本当に……鈴華様の言う通り嫌がらせでもなんでもないみたい。ふふ、ふふ。知ってしまえばどうってことなかったわね」

スカーレット様が胸元から過去の朱国の姫たちが残したメモの束を取り出す。

「ここに書かれている嫌がらせの中にも、嫌がらせではなく単に被害妄想だったこともあるのかもしれませんね……」

「け、検証しましょう！　一つずつ、事件を！」

わきゅわきゅと手をメモ束に伸ばすと、スカーレット様は胸元にメモ束を戻してしまった。

「鈴華様は読みたいだけでしょう？　見せるわけにいかないと前も言いましたわよね」

表情は見えないけれど、スカーレット様が冷たい目をしているのがわかる。

うわーん。苗子ィ。と苗子に慰めてもらおうと視線を向けると、苗子も冷たい目をしてる……気がする。

うわーん。

「過去のことは今さらどうでもいいでしょう。この先のことを考えましょう。……まずは金国の姫、エカテリーナ様に謝罪を。キビタキを金国からの嫌がらせだと疑って申し訳ありませんでしたわ」

スカーレット様がエカテリーナ様に頭を下げた。

エカテリーナ様がバツの悪そうな顔をする。

「私も、死骸を見せられたときに嫌がらせだと言ったのでお互い様よ……その、悪かったわ」

仲直り。……というか、うーん、仲良くはない……。

「あ、そうだ。さっきの話、金国が不作で国民が飢えているっていうのは本当？」

ぽんっと手を叩くとエカテリーナ様が低い声を出した。

「そうよ。だから、仙皇帝妃の座は誰にも譲らないんだからっ。だって、そうじゃなきゃ国が……金国が……」

今にも泣きだしそうな顔になるエカテリーナ様の手を思わずとる。

「うん、エカテリーナ様が仙皇帝妃になるのを全力で応援する！　でね、もしエカテリーナ様が仙皇帝妃になれたら、私のこと侍女として連れて行ってほしいの！」

「はぁいぃ〜？」

エカテリーナ様が素《す》っ頓狂《とんきょう》な声を出した。

「ふっふふふっ。あはは。驚きますよね。ええ、エカテリーナ様、驚くのも無理はないわ。ふふふ、あはは。鈴華様は本気ですよ。ふふふ、ふっ。仙皇帝妃の侍女になりたいんですって」

スカーレット様が笑いながらも私が本気だということを伝えてくれる。

「意味が、わからない……だって、仙皇帝妃になれば国が……加護を受けて……」

「あ、そうそう。呂国は加護なしでも食料に困ることはなくて、えっと、これは自慢でもなんでもなくて。えーっと、そうだ。金国って、金の産出量が多いんじゃなかった？　金細工の技術もすごいんでしょう？　呂国から食料を輸入しない？　うちの妹とか金大好きなの。あ、金糸の刺繍のされた服にあこがれてるのよ。きっと喜ぶわ。……ああ、でも呂国と金国を結ぶ街道が」

「あら、街道なら朱国の赤い道の技術を提供するわよ？　うちの国はそうねぇ、呂国独自の食料に興味があるのよ。ほら、チョコレート……黒い食べ物が美味しいのを知っているでしょう？他の黒い食べ物も美味しいんじゃないかって興味津々なのよ」

「く、黒い食べ物……？　赤い道……？」

エカテリーナ様がつぶやきを漏らす。「続きの話は、皆様で朝食を食べながらしてはいかがですか?」

苗子の言葉に、スカーレット様が朝食を準備するように指示を出した。

赤の宮の朝食として出されたのは……。

金色のパンに、真っ赤な苺のジャムと、黒いココアだった。

不吉色や不気味色の食事なんてと言って、エカテリーナ様は口にしないのかと思っていたら、パンにたっぷりと苺ジャムを塗って食べて、ココアを飲んだ。

「なんて美味しいのかしら……」

「えーっと……その、黒い食べ物とか、大丈夫ですか?」

エカテリーナ様が今までで一番美しい顔を見せる。

「黒胡椒《くろこしょう》を知らないのぉ?」

黒胡椒? 名前からして黒色? 首をかしげるとエカテリーナ様が言葉を続ける。

「知らないんだ。教えてあげる。スパイスの一つでとても美味なの。そしてとても高価で貴重な物。同じ大きさの金……ううん、それ以上と取引されるのよ。金貨一枚でこれくらいの粒がいくつかしか買えないんだから」

なんと! めちゃくちゃ高級品だ。砂糖も高いけどその何倍もするのか!

「黒は不吉ってみぃんな口をそろえて言うくせに、黒胡椒は臭いを嗅いだだけで食欲を刺激されて、金国の者は口にせずにはいられないのよ」

スカーレット様が笑った。

「朱国のチョコレートと同じってことかしら」

「ふえ？　同じじゃないよね？　チョコレートは甘い。黒胡椒はスパイスでしょ？　黒胡椒ってどんな味？　ああ、気になる、きっとものすごく美味なんですよね！」

苗子が力説する私に無言でハンカチを差し出す。よだれ垂れてないですよ！

エカテリーナ様が表情を戻してキビタキの亡骸の入った籠に視線を向けた。

「黒い食べ物は不吉だなんてただの迷信……と、知っているのに。私はどうしてキビタキをあんなにも怖がっていたのかなぁ……ばかみたいだよねぇ」

エカテリーナ様の言葉に小さく首を振る。

「エカテリーナ様が怖がっていたのは、キビタキではなく、キビタキを見て想像してしまう国の行く末ですよね。金国が闇に呑まれて滅んでしまうのではないかと想像するから怖い」

「そうかも……」

「二国間で、お互いの国に益のある貿易ができたら、呑み込むんじゃなくて、手を取り合って寄り添うってことだよね。キビタキは二国の関係の象徴になるでしょう？」

私の言葉を聞いて、エカテリーナ様がすっと立ち上がり籠の上にかけてあった布をめくった。

「見ただけで不幸になるなんて、あるわけないのに……。かわいそうなことを……」

エカテリーナ様の目から涙が落ちる。

うわー、泣かせちゃった！　別にエカテリーナ様が悪いと責めたいわけじゃないのに！

「あ、あのっ！　美味しいそうです！　キビタキ！」

「は？　鈴華様、何を言ってるの？」

スカーレット様が声をあげた。

「雀に似てるって、えっと、処分するなら捕まえて食べていいかなぁって……その、料理長が。羽をむしっちゃえば鳥はみんな同じようなものだって……」

私じゃないよ。私が言い出したんじゃないよ。

「ふふふふふっ。見ただけで怯えていたのが馬鹿みたい。食べるなんて……うふふふ、ははははっ」

笑い続けたエカテリーナ様は、何かを思いついたように笑いを止めると私とスカーレット様の顔を見て微笑んだ。

「そうだ！　いいこと考えたわ！　野鳥の食べ比べをしましょう！　二人を招待するわね。とびきりの野鳥料理を準備するから！　……その、二人を疑ったお詫びも兼ねて……」

は？

「えーっと、野鳥料理って……」

本で見た姿揚げや丸焼きを思い出す。丸ごとパイなんてのもありましたね……。どれも、頭の先から足の先まで……うぷっ。

「いろいろな鳥を取り寄せましょう！　来てくださるわよね？　黒胡椒ももちろん用意させます」

エカテリーナ様の言葉にスカーレット様が頷いた。

「ええ、もちろん。デザートはチョコレート尽くしを持参いたしますわ。チョコレートを使ったケーキにクッキー。そうそう苺にチョコレートをかけて食べても美味しいんですわよ」

う、うう、黒胡椒！　食べてみたい！　チョコレートのデザートも！

でも、でも、でも！

二人の目が私に向いている。鳥料理って……あああ。

見た目で無理なんて、絶対言えないよ！　二人は黒い料理を受け入れてくれてるのに！

「では私はコロッケを準備してお持ちいたしますわ」

ひきつった顔で答えるしかなかった。

◆◆　◆◆　◆◆　◆◆

それから十日後。

『マオへ！

今日はエカテリーナ様に招かれて野鳥の食べ比べ会だったの！　初めは食べるのに勇気が必要だったけど、めちゃくちゃ美味しくてびっくりしたよ！　食わず嫌いは損だよねって改めて思った！　黒胡椒も気に入ったし、チョコレートを使ったデザートはどれも美味しくて。私が持っていたジャガイモのコロッケと里芋のコロッケも二人は美味しいって言ってくれたの。

マオも食わず嫌いをしている物があれば食べてみるといいわよ。

とっても楽しかった！　いつかマオとも食事会できるといいね！』


「おいマオ、何を見てるんだ？」

レンジュに覗き込まれ、マオは隠すように慌てて日記帳を閉じた。

「兄さんっ！　なんでもないっ！　それよりも、あれはどうなったの？」

話題を逸《そ》らすようにマオが口を開く。

「ん、どうやら本格的に朱国が金国と呂国をつなぐ街道整備に協力するらしい。これ、鈴華が言い出したことだろう。なんというか、仙皇帝妃になれば力強いだろうな」

「でしょう？　仙皇帝妃になるように兄さんからも鈴華に勧めてよ！」

レンジュがマオの鼻先を軽くつまんだ。

「鈴華は俺の嫁にするから、敵に塩なんて送らねぇぞ」

マオが日記帳に視線を落とす。

「わかった。塩を送られなくても、鈴華は仙皇帝妃になりたいって言うよ、きっと」

マオの言葉に、レンジュがはっと小さく息を吐いた。

「そりゃどうだかな。でもまぁ、無理だけはするなよ、マオ」

レンジュが慣れた手つきで、猫を撫でるようにマオの頭を撫でた。

「遅くまで部屋に明かりがついていると聞いたぞ。仕事もいいが、ちゃんと寝ろよ」

優しい声色《こわいろ》に、マオが小さく首を振る。

「大丈夫。仕事じゃないので。本を読んでただけです」

レンジュが複雑な表情をする。

「そうか……本、か。あいつみたいになるなよ？　いや、そうでもないか。あいつみたいになれば、生きていくのが楽しそうだしな」

レンジュが黒の宮へと戻った後、マオは日記帳を開いた。

『鈴華へ
　この前鈴華が書いていた本を読んだよ。とても面白かった。続編を次は読むつもり。と、皇帝陛下が言っていた。特に、主人公が竜に会いに仙山の上にある雲の国へと向かうところはワクワクした。思わず空を見上げて、雲の上にそんな国が本当にあるんだろうか？　と思ってしまったほどだった。と、仙皇帝陛下が言っていた』

　マオが書いた交換日記を読みながら、鈴華は一人悶絶していた。

「嘘でしょうっ！　まさか、もしかして、え……。仙皇帝陛下って、本が好きなの？　だとすると、専属司書に雇ってもらえないかな？　待って、専属司書になるにはそれなりに優秀である必要が……。楓みたいに。って、楓が優秀だって知られたら、私の専属司書である楓を仙皇帝陛下に盗られちゃうんじゃない？　なんてこと！　そんなことしたら、一生許さないから！　仙皇帝陛下っ！　楓は絶対に渡さないんだからっ！」

　なぜか、鈴華は仙皇帝にライバル心を燃やし始めていた。

私を待っていたのは、鈴華様の手放しで喜ぶ顔だった。

「千冊の本が一か月で入れ替わるなんて、読み切れないしどうしようかと思っていたの！　楓の瞬間記憶能力で全部覚えて欲しいの！　そうすれば、本を返却しちゃった後にも楓に記憶したものを読んでもらえるでしょう？」

司書とは、図書室の管理をする人のことのようだ。

瞬間記憶能力なんて、何の役に立つのかと思っていた。

庭に落ちている落ち葉を記憶しても、意味はなかった。掃除道具は元の場所に戻すために、使う前に記憶すると役に立った。でも、瞬間記憶能力など使わなくても、掃除道具の場所くらいなら誰でもすぐに覚えられることだし。

それが、鈴華様はそんな私の能力が役に立つと言う。

それから毎日、図書室の本を開いては記憶し続けた。

鈴華様は、毎日図書室に顔を出して本を読む。

「楓、無理してない？」

「楓、休憩にしましょう！　今日は焼きリンゴを作ってもらったの！」

「楓、いつもありがとう」

途中で、いつも優しい声をかけてくれる。

そんな毎日が続けばいいと思っていたのに、十日もすると記憶する本がなくなってしまった。

「すごい！　もう全部記憶したの？　だったら、新しい本が来るまでは……」

下働きの仕事に戻るように言われるかと思った。

「記憶していくだけの作業じゃつまらなかったでしょう？　気になる本があっても読めずに記憶していくなんて……ごめんね……辛いことさせて……」

時々、鈴華様はよくわからないことを言う。記憶していくだけの作業が辛いはずがない。下働きよりもずっと楽な仕事だ。

「新しい本と入れ替わるまで、気になった本を好きなだけ読んでいいわよ！」

にこにこと鈴華様が笑う。

「えーっと、することがないなら、下働きの仕事を手伝います」

図書室を出ようとする私の肩を鈴華様がつかんだ。

「本を読んでいいのよ？　好きなだけ読んでいいの！　遠慮なんてしなくていいの！」

正直、読書は苦手だ。本を読むと疲れる。記憶するだけならいいけれど……。意味を考えて読むとなると、数分で嫌になる。

「わ、私だけ仕事さぼってるみたいなのは嫌なので……その……」

さすがに、本好きの鈴華様に読書が苦手などと言えないため、言葉を濁す。

「さぼる……？　違うわ！　仕事よ、仕事！　だって、読書って本の感想を言い合うのも楽しいんだから！　楓が本を読んで私とその本について話をするのは立派な仕事よ？」

うんうんと、一人で納得する鈴華様。なぜか、読書をすることになった私。

そして、気が付いた。

「……読めない……」

意味を考えて読むどころか、置いてある本の半分は何と読めばいいのか読み方すら分からなかった。

……これ、記憶してある本を読み上げてと言われたら困るやつでは？

すーっと、冷汗が背中を伝う。

「楓、私、楓が司書になってくれてとっても幸せだわ。おはぎ食べる？」

今日も鈴華様は私に優しい。そんな鈴華様の笑顔を曇らせることを想像して、涙がにじんだ。

「苗子さん、お願いします。読めない文字を読めるように学びたいです」

その日の夜、苗子さんに頭を下げた。

数年後、下働きだった私が女官になるのはまた別の話。

あとがき

お手に取っていただきありがとうございます。

はじめまして富士《ふじ》とまとと申します。

『八彩国の後宮物語　～退屈仙皇帝と本好き姫～』は、西洋風異世界ファンタジーを書くことが多い私が西洋風じゃないファンタジーを書きたい！　と思って書き始めた物語です。

舞台は変わっても、ゆるい主人公が恋愛そっちのけで食に走り周りを振り回す相変わらずの話になっておりますが……。

改稿にあたり、襦裙《じゅくん》など少しだけ中華寄りにしました。しかし、驚くほど資料が少なくて（見つけることができなくて）四苦八苦しました。「ブーツ」をなんと表現したらいいのか？「スカート」は？　和洋中折衷のため、ドレスも出てきます。なるべくカタカナを使わないようにと思いましたが、途中で諦めました。世界観を作るのは本当に難しいですね。ファンタジー小説なので、いろいろ混じりあった不思議な世界だと思ってください……。

また、改稿にあたり「あれ？　書いたはずのシーンがない！」と、慌ててデータを探しました。「絶対に書いた！　どこに保存したんだろう？　まさか、消しちゃった？」と。三日くらい昔のPCやメモリスティック等のデータを探しました。結果……。「書いたと思い込んでいただけ」

という結論に達しました。私の頭の中では鮮やかにそのシーンを覚えているのに！
そして、覚えていたシーンを加筆。……まったく頭の中にあったシーンと別物になりました。おかしなことに、食いしん坊が加速する結果に。何故だろう？

「第十一回ネット小説大賞」にて「小説賞」を受賞させていただいた作品となります。選んでくださった審査員の皆さまありがとうございます。また、出版にあたりご尽力いただいた担当様をはじめ関係者の皆様、ありがとうございました。

そして、今ここにいるあなた。読んでくださって本当にありがとうございます！　感想をSNSなどでつぶやいてくださるとうれしいです！　レビューしてくださるとうれしいです。お便りをくださると嬉しいです。苺大福が食べたくなった人が一人でもいればうれしいです。

また、お会いできることを楽しみにしております。

富士とまと

［ブシロードノベル］
八彩国の後宮物語～退屈仙皇帝と本好き姫～　1

2024年06月07日　初版

著　者　富士とまと
イラスト　森野きこり
発行人　新福恭平
発行所　株式会社ブシロードワークス
〒164-0011　東京都中野区中央1-38-1 住友中野坂上ビル6階
https://bushiroad-works.com/contact/
（ブシロードワークスお問い合わせ）
発売元　株式会社KADOKAWA
〒102-8177　東京都千代田区富士見2-13-3
TEL：0570-002-008（ナビダイヤル）
印　刷　TOPPAN株式会社
装　幀　AFTERGLOW
初　出　本書は「小説家になろう」に掲載された『八彩国の後宮物語～退屈仙皇帝と本好き姫～』を元に、改稿・改題したものです。
担当編集　横森あゆみ
編集協力　パルプライド

Printed in Japan
ISBN 978-4-04-899545-0 C0093